所有的繩結

Knots

——謝文賢 小說

—自序—

一切的關係

小時候念的學校，教室外面有一整排的大王椰子樹，樹高很整齊，不知道是怎麼栽培的。上課的時候如果發呆，很多時候我是看著窗外，那幾棵樹在陽光下搖晃，就像被關了很久的動物，都忘了怎麼逃跑。

偶爾，我也會看向另一邊發呆，那邊坐著一個女孩，我暗戀著她。

那時候，我四年級。

第一次自行搭公車到台中市區，是跟班上兩個同學到第一廣場看電影，三個國中小男生為什麼選了《第六感生死戀》這部片來看，我現在完全沒有概念，只記得電影看完後我們三個人一句話都沒交談，默默地就分道揚鑣，各自搭上不同路線的公車離開，從此也沒有再共同出遊過。

其中一個同學後來出車禍，死了。

我的第一個女朋友也是那個國中班上的，但我們是後來上了高中之後才在一起，那時候自由路上的公園麥當勞還是台中市地標，我與她常在那裡約會，吃薯條喝可樂，到豪華戲院看電影，《暗戀桃花源》就是在那裡看的。

一直到分手，我連那女孩的臉頰都沒親過。

我時常覺得自己很笨。

高中畢業後，我北上求學，離開了台中。

混了一個不太像樣的學歷，認識了一些人，幹了一些不夠蠢的蠢事，當了兩年兵，又回到了台中。

回到台中沒多久，就是小說裡結尾的時間了，那時候，我才剛開始摸索著想要寫作。

一切都充滿希望。

那些事情跟這本小說有什麼關係呢？

我也不知道。

開始寫這本小說的時候，是個夏天，天氣很熱鬧，到了完成的時候，已經是冬天，風要涼起來，人都要聚起來，快過年了。

但那個夏天和那個冬天其實不是同一個學年，中間差距了好幾屆，要說是學長學弟都扯太遠。它們根本沒有關係，互不相干，毫無交集，是因為我的小說，才讓它們之間彷彿有了一點關聯。

就好像一條繩子。

繩子本身沒什麼意思，它是拿來綁的，有了綁的動作和對象，繩子才有了存在的意義。

比如脖子與死亡，愛與恨。

或者，一個結，與一個結。

我的小說差不多就像一條繩子，把許多元素寫進去，綁了起來，綁得好不好看那是其次，至少他們都在一起了。

在一起，能有什麼關係呢？

我也不知道。

這是一本寫了好久的小說，久到我都已經忘了最初的構想是怎麼來的，但我想這不重要，我們之中也沒有人記得自己是怎麼來的，當我們有意識的時候，我們已經完成了。

很慶幸這本小說終究是完成了，沒辜負了那些字，沒辜負了那些時間，也沒辜負了自己。

還有些人，值得感謝。

感謝百忙之中答應為我作序的吳鈞堯大哥與好朋友甘耀明，你們的序文洞見精銳，為這本小說增色不少。

也要感謝在小說書寫過程中為我審閱內容的兩位朋友——張佳詩與蕭竹君，你們的意見寶貴，給我帶來許多想法。

更要感謝所有閱讀這本小說的朋友，寫作從來不是一件輕鬆的事，是你們的閱讀與回饋，讓這件事變得美好。

你，我的第一本長篇小說，你從一片空白走來，我們共同經歷了許多，也都改變了很多，如今你將止步，而我要繼續前行，往後我還能寫出更精彩的，都是因為有你，感謝。

我自己。

目錄

歷史就是繩結……

章節 01

陳忠

嚐過被糾纏的感覺？那種緊緊掐住你喉嚨怎麼甩也甩不掉的糾纏。
你能撐多久？一分鐘？十分鐘？還是一輩子？

這一切都是從一開始就註定的。

我體內的男性和女性結合那一天晚上，父親很少見的心情不好。他從母親身上離開後，翻躺雙人床左側，沉默的點了一根長壽煙，沉重的抽了起來。父親頭髮濃，從肺腔裡吐出來白的煙跟他一頭黑的髮，凝結出一種黑白片的憂鬱氣氛，在房間裡散不去。

他下午剛收到一張校召通知單，要去幫國民黨保衛台灣一個禮拜。

那一年四月蔣介石心臟病發死亡，國民黨反攻大陸的夢逐漸從裡層熟爛到表皮，再沒人敢用力去按壓。社會上瀰漫一股肅哀與躁動不安的氣息，經營台灣近三十年，上位者與下位者的血脈早已連成一氣，哪一處山雨將來了，兩邊都清楚。

那時候剛完事的父親已經三十九歲，母親還未滿二十五，年齡相差懸殊讓兩人戀愛過招的模樣青澀得像挖一口井。父親年紀說起來也不是太大，但也許是生活壓力，也許是天生使然，遇事總動不動就裝出一副人生慘澹的憂鬱模樣，沉默以對。祖父過世後一筆田產自動切割成四分留給父親與他的兄弟們，排行最小的父親從小就備受寵愛，分得田產也多一些，所幸他三個兄長早已奮鬥有成，不與他計較。倒是父親自己很計較，分了家產後他鮮少與三個哥哥連絡，堅持尊嚴似的四處躲著家族聚會，即便到後來因為屢屢投資失利，生活幾乎無以為繼的時候，他仍咬著牙自己苦撐，從沒打過一通籌借的電話。

小時候父親離學校遠，想上學要走五十分鐘山路，午餐還得跟學校借吃，放學回家總要跟天光比賽，晚了只能摸黑，摔到谷裡可能幾天都沒人知道。雖然上學苦，但日子更苦，父親無論如何想上學，可惜那時候家裡還窮，小學唸四年就唸不下去，因為在校成績還不錯，同班畢業時學校還是給證書，號稱小學學歷，這已經是四兄弟裡最高學歷。

小學畢業後父親離學校更遠，在家裡幫農兩年之後就選擇離去，生命風景從此走上懸崖峭壁，前頭是倔強，後頭是死。為了糊口他毫不挑食，做過鐵工、印刷、油漆、貨車司機、車床、風管、板模、水電等工作，甚至還去當過臨時演員，被砍一刀死在水溝邊。祖父死前兄弟裡只有他的工作能放下，回鄉照顧老父半年，喪禮過後他二話不說把繼承的產物直接轉手給二伯，帶著大筆現金離開故鄉，輾轉漂流南投雲林台南桃園高雄台北，最遠還曾到台東種西瓜。窮人不懂錢，父親十幾萬現金與日子對賭，投資從沒壓對寶，最後落腳台中，遇上母親。

遇上母親前父親是個水電零工，正存錢想要開一家像樣的五金行。青春剛盛開的母親愛上父親，陪著吃苦打零工還批了許多鞋底回家做手工到半夜，母親是家裡獨女，談這場愛得犧牲多少，父親看在眼裡。

母親年輕時很瘋，跟父親一樣也與家裡人關係不好，每次聽見她與娘家通電話，語氣不是冷，就是激烈。與父親結婚後只有一個舅舅偶爾會來找母親，我對那位舅公的印象很淺，只知道他是自殺死的，那時我四歲。

後來，父親的五金行如願開了卻很快又關，裝憂鬱的習慣從父親渲染到母親眉間。

或許父親皺眉的樣子就是與人不同，深深吸引母親，但母親不愛父親抽煙，煙味讓她反胃，尤其在剛做完愛的現在，全身上下感受力正纖細而強大的時刻。

可是她還是湊上去吻了父親，把愛與厭都吻在嘴裡。

父親心態也許熟老但肉體卻還青壯，當時他糾結眉宇底下憂愁的並不是去當幾天不知所以的兵和即將損失的收入，他心裡只是很單純的；對於短暫失去母親豐美肉體的日子感到煩躁。母親自己湊上來的吻讓他的憂愁暫時一掃，放下纏著白煙的煙條再度翻身埋入母親白嫩的胸脯，撫愛起來。

還在努力探索對方身體的父親與母親並不知道，除了外頭那些政治經濟賺錢吃飯的生存問題，在他們身體裡層也已經悄悄的產生了細微又巨大的變化，從此影響他們的人生，使他們永遠沒有辦法分開，卻也不可能在一起。

就像煙與香煙，都在使對方死。

很小的時候我不確定父親與母親後來發生的一切狀況是不是因為我，現在，我終於可以肯定，導致這個結果的原因確實是我。

母親只愛父親，這點我小時候非常確定。

當我身上的痛覺開始與記憶連結，我就非常害怕母親，一條一條往身上掃來的水管，讓我必須每天都有進度的學習起謹慎、沉默與兇殘的生存之道。

她並不是每天都很兇，有時她看起來非常的棒。她是個很美的女人，也懂得自己的優勢，當她微笑的時候，還沒青春期的我也能感受到一股雄性的催燥。但因為我當時是受箝制的弱勢，握有隨時朝我臉上呼一巴掌權力的她表現出如此甜美而溫暖的母愛時，我內心其實總是充斥著對於暴躁的她的預受心理而害怕得幾乎顫抖。

日子只要不停，我就會長大，而隨著我的成長，害怕也會長大，變成一種恐懼。懂得恐懼之後，便會懂得面對、懂得逃避，懂得反抗。

上小學第一天，母親從床上把仍睡得不知天高地厚的我叫醒，俐落而略顯粗暴的將白衣藍褲套在我身上。隨即把我和她自己擺上腳踏車，咿歪咿歪的騎向陌生而遙遠的上學路。

那天母親特別穿了一套嶄新的洋裝，青翠素雅的鮮綠色，左胸前繡一朵鮮豔的紅花，腳上穿著她唯一的一雙高跟鞋。

因為時間有點遲了，母親兩腳踩腳踏車的速度快得有點失去理智。我坐在腳踏車後座，看著母親因為用力而幾乎離開坐墊的臀部，渾圓而飽滿，兩片臀肉不斷快速的互相擠壓，寬鬆而薄軟的長裙因而慢慢的被夾入臀縫中，讓臀型更加明顯。看著母親長裙裏出的臀部，兩股肉片擠壓的中心點像有一股吸力，幾乎不曾那麼早起的我突然莫名感覺到暈眩起來。下一刻，便是和母親一起跌落到路邊的竹林裡，而徹徹底底的遲到了。

母子倆奮力從竹林裡將腳踏車抬出來後，母親不像往常一樣破口大罵，只是看一眼自己身上的洋裝，再看一看稍微變形的車輪，轉身拍一拍屁股上的泥巴，然後指了指學校的方向冷冷的說：「學校就在那邊，剩沒幾步路了，自己走去。」然後便騎上失去了大半作用的腳踏車，吱嘎吱嘎的往一個陌生的方向騎去。

我們家住山邊，有水通過，原是溪坑地，被填成一片平坦的住宅區，兩岸河堤把溪擠成瘦瘦一條，水流越來越小，小到人們會忘記住在溪邊。只有偶爾颱風暴雨，水淹到街道上來，大家才又想起，其實這裡原本是溪流的地盤。我們家附近聯外的馬路沒有一條是直的，不是放射狀的也不是井字形的，而是錯綜複雜彷彿糾纏的毛線球般難以理清。從來沒有一個外人可以靠電話指示就找到我們家，一概都是要到鄉界最外圍的大馬路上去把人帶進來。

因為路不是直的，母親的身影很快就消失在路面上，被一家鐵皮搭建的車床工廠給掩去了，工廠旁邊停了好幾輛車，有些車頂都生鏽了，有些沒有門，都是計程車。

我一個人在馬路邊像在等待什麼似的站了很久，並沒有立即天愁地慘的哭叫起來。夏天的陽光狠毒，容易冒汗的我從白襯衫一直汗溼到藍短褲裡的內褲。汗溼的感覺像有一隻溫熱卻潮溼的手，一路從肚臍一直往褲襠裡摸去，有點癢，但那無形的手滑過後，感覺會像尿尿完般舒服。當時七歲不到的我就這樣站在夏天陰涼的竹林下，一直到眼淚終於流下來了，才跨上馬路，往學校的方向走去。我常在想，當時我要是願意向母親低頭，在她轉身跨上腳踏車的一刻放聲大哭，不知道我的人生會不會失去更多？

但是，在過了很久很久以後，每當想起那天的事情，我仍有想要殺死母親的衝動。

當天放學後，父親騎著同一台腳踏車來載我回家。當父親出現的時候手上還拿著一枝在當時來說很巨大的棒棒糖，在放學的人潮裡引起了一陣不小的騷動。

腳踏車變形的車輪似乎修理好了，還換了一個全新的輪胎，連原來因為鍊條生鏽會發出的吱嘎聲音都沒有了。坐在父親平穩舒適的後座，我滿足的舔著那似乎永遠吃不完的棒棒糖，順便接受一路上如朝聖般虔誠而羨慕的眼光。

在即將回到家的一個轉彎，父親的聲音從前面傳來，聲音粗而穩。

「你母啊早上沒打你吧？」

我頓了一頓，只搖搖頭沒回答，車子輕微的晃了晃，吱嘎吱嘎的聲音又出來了。

「嗯，那就好。」

我突然覺得舔在嘴裡的糖變得不那麼甜，很像吃過很苦很苦的中藥後吃的一塊小小的仙渣糖，嘴裡是很甜，但喉嚨裡苦的感覺，卻怎麼也化不去。我再舔了兩大口，將糖水和著口水蓄在嘴裡。盯著父親的背，趁一個顛簸，將棒棒糖輕輕丟在路邊。咂咂嘴，然後狠狠的哭了起來。

那一夜，父親和母親又吵了一整夜。

「那跟他有什麼關係？」

「為什麼沒關係？哪不是他，我會變這樣？」我聽見母親壓著嗓子吼。我不知道她說的是誰，我很希望不是我。

我抱著後來父親又買的一大包白脫糖，躺在床上，第一次感覺到夏日夜晚的溼悶，第一次發現關了燈還是睡不著，也是第一次發現，很多大人生小孩並不一定是為了愛。

小孩的世界永遠比大人想像的複雜，他們之間的恩怨繚繞與莫名其妙，在變成大人之前，早就已經盤根錯節得比迷魂車的迷宮還要亂了。

小學一到五年級的時候我都跟黃文心同班，如果沒有發生陳忠的事情，我應該會跟她同班到小學畢業，夠幸運的話也許可以跟她成為一對。

然而，雖然升上四年級的時候我就坐在黃文心的旁邊，但她卻幾乎沒有跟我講過一句話。每天早上，我到學校的時候，黃文心就已經在位子上了。通常她在看故事書或者情書。當她看見我來了，她會把手肘橫上桌面，用手臂包圍屬於她的那半邊，不讓我看見她在幹什麼。

但我其實還是看得見，她在檢查情書。

常常聽很多人提到某某某是某某學校的校花，我其實很不以為然，學校不可能會舉辦這種比賽來選出一個所謂的校花。既然沒有任何評比，為何有人可以肯定的說某某女生是校花呢？在我的認知裡這根本是毫無依據的。

但黃文心是我們學校的校花，這點我從來沒懷疑過。

從二年級開始我就看見她收情書了，雖然被老師抓到過幾次，但塞進她抽屜裡的情書還是越來越熱烈，到了五年級，她的抽屜裡甚至開始出現早餐、玫瑰花與明星的簽名照片。

托她的福，我常常會有豐盛的早餐吃，偶爾也會收到其實應該塞進她抽屜裡的莫名情書。剛開始收到莫名情書時我都會拿還給她，而她總會一臉寒氣的要我拿去丟掉。到後來我看見抽屜裡有情書便會直接拆開來看，看完後就拿去丟掉。

黃文心會把早餐分我吃的原因是我能幫她解數學題目。

那時候班上有兩個有錢人的小孩永遠都霸佔前兩名，而我是第三名，黃文心是優秀的好學生，每次月考的排名大約都在十名以內。

班上的前五名看起來都是一副驕傲的嘴臉，好像可以考前五名大概就永遠不會死掉的樣子。我不知道是不是這樣，但我感覺好像只有我一個人會為自己考得很好感到不好意思。

其中一個原因，就是黃文心。

她的數學很弱，如果月考只考數學，她的名次大概會掉到後半段。數學老師上課時，她永遠都是埋著頭不停的抄著筆記，連老師的笑話都會抄進去。

「欸，這裡我不太懂。」每次數學課下課後，她一定會把她的筆記推到我面前，用鉛筆的橡皮擦那端指著她不會的地方問我，這是我少數有虛榮感的時刻，但我卻不敢表現出來。

奇怪的是她平常都很依賴我的能力，可是到了月考的時候她看到我就很像看到鬼一樣。尤其是月考結束考卷發下來時，看完我的考卷之後，她那股對我厭膩的感覺就特別明顯，彷彿我身上有屍臭味，或者根本我就是個屍體。

但其他時候，她都還算正常，所以我可以吃她的早餐，還可以幫她丟情書。

升上五年級那年暑假快結束的時候，一個名字聽起來像牛仔的颱風叫韋恩，像打巴掌一樣把台灣巴來巴去，害我們小鎮淹了一個禮拜的水，學校開學了又停課，好像暑假變長了。

再回到學校上課那天，教室裡全都是沙跟垃圾，操場上還有人撿到死魚，學校彷彿剛從水裡浮上來一樣，整個早上都像是又要放暑假一樣實施全校大掃除，掃出來的垃圾把垃圾場的大鐵桶都淹沒了。

但韋恩颱風並不是讓那一年變得亂七八糟的原因。

開學後沒多久，有一天下午，我們五年級走廊上熱鬧的傳著一些話，據說第四節體育課的時候有一顆躲避球惡狠狠的砸在陳忠的後腦勺，他要撈人來處理。原本我還當八卦聽得津津有味，沒想到放學後被架到學校後門籃球場旁邊的人竟然是我。六年級的陳忠說要跟我單挑，因為我「得罪了他」。儘管我怎麼解釋說那球不是我丟的，我們班體育課根本不在早上第四節，但陳忠仍只願意相信他已經相信的。

陳忠這個名字很怪，台語念起來像台中，所以全校沒有人不認識他，他是全校學生裡面最大尾的。他爸爸是個開計程車的，他家裡還有一個妹妹陳美華和一個弟弟陳民，陳美華和我同年，陳民其實比我小整整一年，但也跟我們念同個年級。兄弟倆被爸爸期望很深，花許多錢給他們補習才藝，那年頭開計程車似乎挺好賺。他那聰明弟弟學得挺有那麼回事，彈起鋼琴來指頭像在琴鍵上飛，用眼睛抓都抓不到，也可能是他表演都在很高的司令台上的原因。還有繪畫比賽他弟也常拿獎，每個學期一定有一次在朝會時上司令台演講。至於陳忠則完全不在那條路上，國小六年級了注音符號還背不透，補習的錢全都拿去請跟班吃喝掉了。陳忠每天被酒醉老爸打，打得他滿街跑，越跑越快他也就越壯，比小一歲的妹妹與小兩歲的弟弟高出一個頭不止。在學校也常看到他追打他弟弟妹妹，打起來就像老爸在打小孩。

長大後那被打得長不高的弟弟成了竹科某公司的工程師，而不曾被用心栽培的妹妹後來反倒念了個藥學士回來，而且還沒畢業就結了婚，跟當醫生的老公在市區合開一家綜合診所，錢多到不會花。但妹妹與娘家從不往來，小時候被爸爸打哥哥打連弟弟也打她，她大概恨死了自己的家人。

至於陳忠，他沒有長大。

那些都是後來發生的事情。

在躲避球這件莫名其妙的事情發生以前，我與陳忠一點都不熟識，根本也沒機會了解他的家庭生活。但在這件事情之後，我跟他家的關係像打死結，想解也解不開。

如果時間可以倒轉，我不知道自己還想不想重來，但我真的很懷念小學五年級以前的生活。

在五年級以前我的功課表現一直很好，小一第一次考試我就考了全班第一名，從此之後便始終維持在班上的前五名，最差的一次也考了第五名。每次領了獎狀回家，父親會趁著送信的空檔把獎狀拿去市區的美術社裡裱框，然後帶回家掛在電視後面的牆上，但從我升上小三之後就沒了，不是我不再領獎狀而是那面牆已經沒位置掛了。後來父親都把獎狀用塑膠袋包好，裝箱，收在樓梯下的儲藏室裡，只留下幾面掛在牆上，當然都是第一名的。

從三年級下學期開始，我就是坐在成績不太好的同學旁邊，這是因為老師的策略排列，試圖以好成績的同學影響不用功的同學，後來證明這個方法是個屁，原本用功的同學反而因為與不用功的同學親近了，成績快速下滑。很久之後老師終於發現這個問題，便開始實施菁英策略，把好學生集中坐在一起，壞學生就全部被排到教室後面去。因為老師這個規定的轉變，我與黃文心才有機會共同分享一個桌子長達一個學年。

雖然我的成績總是名列前茅，但因為我很內向，不太愛講話，所以在班上的人緣一直不是太好。這不是我自己覺得的，在每學期結束的總評量上面，老師的評語總是說我資質聰慧，內向寡言。因為這個「內向寡言」，我很容易被找麻煩，有時即便是簡單的事實我也無法輕鬆與人爭辯，最後淪為常態性被欺負的對象。

關於這點，我一直到現在想到都還把某些人恨得入骨，如果有機會，要我殺死他們我也願意。

因此，當陳忠糾眾把我拖到學校後門，指著我鼻子說我拿躲避球K他，得罪了他，我緊張得怎麼說都沒辦法把事情說清楚。即便真實的狀況是，在陳忠被砸中後腦勺的時候，我還在教室裡捧著數學課本研究黃文心左邊脖子上那些短短的汗毛。

也許對陳忠來說，聽一些他不相信的解釋真的太難了，他真的很用心在向他爸學習。

「單挑，或圍毆。」

對於只在學校流言中聽過他的事蹟，連他的背影都認不出來的我，看著他以小學生稚嫩頑肥的臉所能擠出的兇狠表情，在幾乎貼近我鼻頭的距離講出這些話時，我真的怕得以為這世界只剩下單挑和圍毆兩個選項，其他的全是一片空白，恐怖得沒什麼好留戀的。

而旁邊幾個真的很小的小混混，也全都虎視眈眈的盯視著我，表情裡全都是欺負弱小、弱肉強食的莫名興奮。

我沒回答，我根本不知道該如何回答。當時的我連這兩個詞的真正意思都還搞不清楚，我不知道他們是否跟我一樣。我只知道才隔了不到幾秒鐘，我的領口就被提高到喉嚨的位置，像被什麼東西嗆到一樣，我不自主張開喉嚨準備咳嗽，事情就在同時發生了。

我並沒有確實看見拳頭和我的額頭碰觸的瞬間，因為在陳忠的拳頭飛到我眼前大約十公分的時候，我的眼睛早就因為身體的防衛機制自動閉上了，只有腦子裡清楚的發出「損」的一聲。

其實並不怎麼痛，恐怖的是離開世界的感覺，強烈撞擊產生瞬間的暈眩，不只太陽月亮連地球都消失了，我完全不知道自己是怎麼滾到地上的。

陳忠一擊得手我想他是又追了上來，因為我幾乎是在倒地的同時就感覺到身體被壓制住，領口則是再度被揪緊。

我沒有生氣，我甚至連逃走的想法都沒有，但身體卻莫名起了反應。我感覺到我自己的手也伸出去與陳忠揪住我的手攪和，四隻手碰到一起便像兩條風箏線一樣，緩慢卻無法抑止的攪纏在一起。

經過一陣翻滾和稚嫩的吆喝後，高過我半個頭的陳忠被我壓制在地上。現在的我還可以很清楚的記得陳忠發現竟然被我壓制在地上時的眼神，那是一種微弱到無法察覺的不可置信，像是已經選好了玩具卻發現口袋裡錢帶不夠的樣子，另外還有一種很濃烈的恐懼，我不知道學校裡有沒有人反抗過他，但我想他對於現在我們之間的狀況有很大的恐懼感。但不甘與恐懼在眼神裡是隱藏的，他眼神當下仍然想要演出一股氣憤，與他嘴、齒、鼻、眉合作，營造出兇狠的表情，想把顯然比他強的獵物嚇跑。就像國語課裡老師說的那個成語故事：遇見老虎的驢子。

當下我幾乎無法思考，若硬要找出一種感覺，我會說是悲哀。

我朝他眼圈揍了一拳，然後將他的脖子緊緊的掐住，像在抓一隻隨時會跑掉的魚。因為腎上腺素激增的關係，我無法抑制的加重力道，兩隻大拇指像一對鐵鉗似的壓迫陳忠的喉嚨，我甚至可以感覺得到他脖子裡的液體正艱難的蠕動著。

從小我就一直知道自己體格長得不錯，雖然沒有陳忠那般魁梧碩大，但跟同年齡的小孩比起來我總是略勝一籌，鄰居的媽媽們常問爸爸到底是拿什麼餵我，爸爸只是笑笑。其實也真的沒什麼，那時我們家吃不起什麼特別好的，尤其母親離開後，三餐更不正常，我長得高大，跟吃得好不好沒什麼直接關係。

但就像是刻意壓抑似的，佔有體型優勢的我並不使用暴力，甚至會盡量避免身體接觸，與鄰居孩子們玩的時候，起了衝突也總是以向大人報告來解決，雖然得了一個爪耙子的外號讓我非常氣憤，但不知為何我卻總是盡量避免使用肢體力量。

那時不知為何。

這是我第一次和人打架，我從來沒有想過我可以打架；也從來不知道原來暴力這麼好用，可以不用說話爭辯就讓人屈服。看著陳忠被我壓制在地上痛苦的神情，我的心裡有點害怕，腦子裡有一個聲音不停的叫我鬆手，算了算了，但事實卻是我仍死命的掐著陳忠的脖子。毫無原因，我心裡有一種想要知道繼續掐下去結果會怎樣的好奇心，讓我的雙手在當時不僅沒有絲毫放鬆，反而不停的施加力量。

當時的我並不知道這件事對我後來人生的影響，只是很單純的認為是他先動手的，我就算被抓到也不會有事。

糾纏一直持續，陳忠抓住我手臂的手勁越來越弱，原本一挺一挺的腰也只剩抽動，但我仍然沒有放手的念頭。現在回想起來，在那一刻我大概進入了人家說的忘我狀態，不只忘我，除了眼前陳忠的臉與他翻白充血的紅眼，我幾乎失去當時外在景象的記憶。

我突然想起第一次看見陳忠時的情景。

也是上學的第一天，母親牽著腳踏車離開後，我一個人摸摸蹭蹭的終於遠遠看見學校，那時早已過了上課時間許久，入學通知單上提到的新生歡迎儀式早就結束，只剩地上幾片沒掃盡的花瓣。就在我走到校門口對街時，遠遠的一輛計程車像一堵牆壓過來，停在校門口與我之間，高速急煞的車輪揚起一陣乾燥的塵沙，順著熱風把我掩蓋。塵沙過後計程車後門打開，衝出來跟我差不多大小的一男一女兩個學生，兩個人關上車門後就直接往學校裡面跑。他們離開後計程車一下子沒有動靜，我從計程車前面緩緩走過去，看見擋風玻璃裡面一個嚼檳榔中年男子的側臉，副駕駛的位置是一個看起來比我大的胖男孩子。中年男子嘴唇紅紅不停開闔著，從他猙獰的眼神看來，是在罵那男孩。那男孩頭低低的沒有表情，但眼神像狼一樣吊高盯著車外的我看。

為什麼我知道他盯著我看，因為我也盯著他看。

我緩緩的繞過白得刺眼的計程車引擎蓋，感覺到車子低吼著散發熱氣，那是一輛裕隆吉利青鳥，跟我們家巷尾那個老芋仔開的計程車一模一樣，只是老芋仔的青鳥是鐵灰色的，眼前這輛是白色的。在方方正正像幾片白土司疊在一起的車廂裡，我看見那中年男子火急的罵著，那男孩則不甘示弱似的一直與我眼神對盯，直到「幹！恁爸在講你是有在聽沒？」中年男子突然吼罵，聲音大到連車外的我都聽得清楚，同時還狠狠一掌打歪男孩的頭，連帶把他眼神也打散，他轉頭過去看著男子，帶著恐懼點點頭。

車外的我更恐懼，趕緊快步走入校園。

大約還要再過一年，很後來我才知道，那個長得有點像卡通天方夜譚裡小胖的男生，就是陳忠。那時，他在車子裡盯視我的眼神跟現在就有點像，只是現在的眼神裡還摻雜了他望向他父親時的懼怕。

懼怕！陳忠怕我！

就在一瞬間，我的腦子裡突然電閃過這個念頭。在學校裡幾乎是地下教父的陳忠完全掩飾不了害怕的眼神，而他害怕的對象就是我。

念頭才出現，我的嘴角就不自主顫動，無法抑制的想要微笑。

就在感覺到嘴角拉緊的瞬間，我便飛了起來。

陳忠的朋友們把我從他的身上拉開，拖到幾公尺外的樹下，十幾個拳頭腳板同時往我身上猛砸，我的眼睛鼻子嘴巴肚子背部大腿小腿；連那裡都被踢了好幾下。我不知道陳忠被躲避球砸到的後腦勺到底是有多痛，但我那時感覺到的一定比被那個還痛，我心裡想，還真是痛。

單挑，或圍毆。

他媽的！

從那時候開始，我像是近視的人戴上眼鏡一樣，突然看清楚了這個世界。這個世界很大很廣，有多到數不清的選擇，並不是只有單挑或者圍毆這麼簡單，只會在選項裡找答案的人都是白癡。因為這個世界根本就不會管你選擇了什麼，想用什麼態度生活，它只會用它自己的方式對待你，不只是單挑或圍毆這麼簡單。

手腳太多，我直覺抵抗，一手一腳的撥開，但那些手腳像有生命的水草，一直往我的身體纏來，怎麼樣都解不開，連浮上水面換氣的時間都沒有。在那樣被拳腳擠壓的狹小空間裡，我只好盡量縮起自己的身體，就像還浸泡在羊水裡的嬰兒，但外來的攻擊似乎沒有停止的跡象，浸滿羊水的子宮裡擠得要命，似乎連空氣都在打我。有一隻腳狠狠地往我的肚子上踢來，痛得我悶哼一聲，差點哭出來。我伸手死命抓住那腿，張口往大腿上就咬，那大腿感覺到痛，肌肉抽顫一下隨即拼命想往後抽。我上下兩排牙齒便更用力往彼此靠近，大腿的主人馬上痛得大聲哀號，那聲音我一直到今天還記得。

尖銳又粗啞；集中又分散；忍又忍不了，聲音高低急轉，高的像野獸，低的也像野獸，嘴巴再大都不夠宣泄，直接就從聲帶裡爆開，顫抖的破音。

我剛剛沒有完成的微笑，出現了。

※※※※※※※※※※※※

站在偌大的導師辦公室裡，校園裡除了三三兩兩的拍球聲音，就只剩下聒噪得讓人心煩的蟬叫聲。

老師們走來走去，或者趴在桌上改作業，沒人理我。我只是安安靜靜的站在面對校門口的窗戶前面，導師不在辦公室裡，她在校長室。

「咿呀」一聲，辦公室紗門被推開，開門者似乎害怕打擾了門內的什麼，動作遲緩，卻反而把開門時的吱嘎聲拉得長遠，尷尬得連辦公室都幾乎要彎腰看向自己裡面。

是我父親。父親連焦急的時候都這麼溫吞，這麼怯懦。

父親穿著一身郵差制服，綠油油的走進辦公室來。看這時間，父親大概剛下班到家，連制服都沒來得及換就接到電話了。深綠色衣服吸飽了父親的汗水和外頭的午後陽光，在陰悶的辦公室裡散發一股酸熱。

父親後面沒有誰，母親沒來，她不會來。她在我上一年級後沒多久就跟人跑了，沒有留下隻字片語，只帶走她所有的衣物和嫁妝裡值錢的首飾，還有一張我們全家福的照片。那是在我快上小學前幾個月，全家去動物園玩時拍的照片。我站在正中間笑得非常開心，陽光把笑容切割得更誇張快樂，彷彿攝影者做了什麼好笑的事情，惹得我狂笑。父親和母親分別站在我的左右兩側，父親站在我左側，挺直上身，右手搭在我肩上，左手抓著一頂帽子垂在大腿側邊。那天風大，快門拍下的瞬間，父親襯衫左側下襬被風吹開了。要求完美的父親對那掀開的下襬一直耿耿於懷，說那拍照的人真不會抓時間。

母親則是站在我的右側，左手伸到我的背後鏡頭裡看不見，右手不知是正要舉起來做什麼，就在舉到跟我一般高的位置時就被拍了下來。移動的手模糊不清，好像是從這個世界伸進另一個時空裡去，就在要縮回來時就被拍到了。

其實那個幫我們拍照的人時間抓得很好，再慢上半秒鐘，照片裡顯現出來的就不是那麼快樂而美滿的家庭了。

那張照片之後父親和母親大吵了一架，原因是我。

因為，就在快門閃動的那一刻，母親搭在我後腦勺的手突然用力把我的頭往前一按，讓我的頭猛然往前一點。那個動作和攝影者按下快門的時間幾乎同時，母親誇張的笑聲也在同時響起。

被惡作劇的我覺得照片拍壞了，在母親大笑的下一刻便緊張的大哭起來。

雖然後來父親有意請那人再幫我們拍一張，但因為我一直哭個不停，根本沒有辦法再繼續拍照。倒是父親趁隙又多拍了好幾張我張嘴大哭的表情。

而母親則是收不住笑容的蹲在我身旁不停的道歉，說她不是故意的，她只是想要跟我開玩笑。

但不知為何，母親越道歉我越生氣，後來整個人歇斯底里起來，母親伸出手要抓住我肩膀，我激動得兩手在空中不停狂甩。突然，一巴掌就往母親臉上掃去，力道不大，只掃起母親垂在臉頰兩側的頭髮。現在的我不太清楚當時的我是無心的還是有意的，只知道那一瞬間母親的臉色馬上沉下來，勃然大怒，也重重的打回了我一巴掌，把我嚇得當場噤聲。

之後，便是父親和母親在動物園門口毀天滅地般的爭吵。因此，那天到最後，我們始終沒有進到動物園裡面，除了這張拍壞的照片和我大哭的照片，也沒有再按下快門，拍到任何動物或景物，或人物的照片。

母親離家後，父親好一陣子幾乎不出門，只有一搭沒一搭的接些零散的水電維修工作，把日子過得很窮苦，讓我在學校過得很自卑。幸好，我們並沒有窮很久，也許是從母親離開的悲痛裡醒來了，也許是窮怕了，也許是有人指引，不知道是怎麼開始的，父親有空的時候開始跑書局，然後一整天窩在家裡認真的看著一些很厚的書。直到有一天，他突然就穿著綠色的制服騎著綠色野狼機車出門去送信了。

他說，他考上了郵差。

從此變成一封信的樣子，緩慢無聲。

邊。

「怎麼了？」父親從兩個辦公桌外的走道走過來，眼神帶著關心與憂慮，但卻安靜的行進著，一直走到我身邊才壓著聲音問。但即便父親如此低調，辦公室裡的老師們仍然飄著眼神望向我們這邊。

「……。」我不敢講話。

「你被同學打？」

「……。」

「這是什麼，我看看。」父親將我拿在手上的通知單拿去。

「你打死人？」父親壓抑不住情緒，聲音突然放大，我也壓抑不住情緒，眼淚像被擠出來似的滑過臉龐，滴落地面，與幾滴血漬重疊在一起。

「我……我沒有……是他先打我的……」我連我自己講什麼都聽不清楚。

一位女老師表情嚴肅的往我們這邊走過來。

任何事情不在該適可而止的關鍵點上停止的話，都會失去控制。

當時，他們不停的對縮在樹下的我拳打腳踢，有些人嘲諷似的邊笑邊出手；有些人則兇狠的罵著：「敢動陳忠，給你死」之類的字眼。

我完全不能理解，都是才十出頭歲的孩子，為什麼可以有這麼重的江湖氣息，才只是小學生而已為什麼會對同儕有那麼濃厚的恨意。當時打我的那些孩子，出手之兇狠，完全不輸給我之後所經歷的任何一場鬥毆，然而我們那時候都還只是孩子，思想應該單純、應該快樂，對於生命應該懷抱無盡的希望與略帶懼意的虔誠啊！

在那之前，我與那些孩子的生活完全不同，父親身教言教的影響下，我過的是簡單而嚴謹的生活。除了母親陰晴難判的性格帶來不定期的恐懼，基本上我對於童年生活的印象是彷彿凝望著日光燈般明亮無暇的。從來不認為有事情可以用暴力的方式處理，甚至，在那之前我根本不認為這世上會有道理說不通的事情。

當然，這些只是我後來回憶時比對出來的想法，在肉體正承受著極大打擊痛苦的當下，我是沒有辦法思考的。只是不斷的聽見辱罵的聲音，不知道是什麼物體與我身體快速接觸的撞擊聲音；還有就是跟著每一下撞擊時我無法阻止自己發出來的悶哼聲。

除此之外，完全沒有人發現陳忠還躺在地上，並沒有爬起來加入圍毆我的行列。等到他們終於打爽了，才有人發現陳忠兩眼翻白、臉色鐵青的躺在地上，一動也不動。

事實上，我以為當時的我也是差不多的狀況。

他們放棄對我的興趣，像看見砂糖的螞蟻似的，全都跑過去陳忠身邊圍著，不過沒有圍得很近，有個膽小的還當場就哭了起來。

那天不知為何太陽很猛，明明已經下午四點多了，水泥場地卻還明亮得會刺眼。

我努力睜開眼睛望向那群人，在白花花的天色下，一群白衣短褲的小學生將陳忠的身體團團圍住，但沒有一個人敢蹲下去碰他，沒有一個人。

現場安靜得像游泳池底，那些小小同學們的身形則像是從池底往上看的人影，模糊扭曲，甚至像棉球般霧成一團。

也許我流淚了。

幾個老師趕到時我已經爬起來，坐在樹下喘著氣，陽光從樹葉間篩下來，一閃一閃的。

剛剛那個膽小的小孩走在最前面引領老師們到後門來，在靠近陳忠幾步遠的地方就停住，老師們看見小孩躺在地上，紛紛緊張的趨前察看。

剛剛揍我揍得像上癮似的小孩們全都不見了，連一直在現場的我都不知道他們什麼時候跑掉的，又跑到哪裡去了。

一個男老師把我叫起來，把我身體轉過來轉過去，問我哪裡痛。我沒說話只是張開嘴巴，一顆門牙在痛，舌頭一推那牙齒就像沒拴緊的門板一樣翻開。老師看了看，沉默的把我帶進保健室擦了點藥。

擦藥時我才感覺到痛與溫柔，那老師雖然板著一張臉，但擦藥的動作卻出奇的輕柔。出血的傷口止住後，他又拿出一罐藥膏，稍微用力的推拿我淤血的地方，我吃痛悶哼出來，老師便把手勁放軟，繞著圓周揉著。擦了藥後那老師又把我帶進老師辦公室。

「給我站好！」引導我的過程中安靜而溫柔的男老師，一進辦公室卻突然像情緒崩潰一樣在我耳邊狂吼，「敢動你就給我試試看！」

我毫無預期，被嚇得身體幾乎崩裂，抬眼望他的同時眼淚瞬間奔落，想忍都忍不住。其餘老師紛紛靠上來與那老師私語，一陣對話後每個老師看我的眼神都不一樣了，沒有一個老師上來安慰我。

學校裡很快來了救護車，喔咿喔咿的把蟬都嚇得無聲，兩個男護士把躺在校長室沙發上的陳忠用擔架抬上救護車，幾個老師跟主任也一起開車跟了去，剛剛兇我那個男老師也是其中一個。

我被罰站在面向校門口的窗戶邊，透過辦公室的窗戶，看到救護車來了又去，下午的陽光跟救護車的聲音很搭，都讓人恍恍惚惚的。

我不知道要在這裡站多久，我感覺到自己嘴裡明明已經止住的血又汩汩冒出來，然後看見鮮紅的血滴落在地上，我嚇得要死只敢低頭讓血從唇角直接滴落，不敢抬頭讓血滑落下巴。

一個女老師走過來要我坐著休息，我搖搖頭不敢，男老師的話掐在我脖子上，那女老師叫不動我，隨手抽兩張衛生紙給我就走開了。

過了不到十分鐘，父親就來了。

雖然已經五點多了，但一路上陽光還明媚，典型的夏季，非常符合我對於童年的印象。父親騎著他那台噴漆成墨綠色的野狼125，砰砰砰的震動像老人咳痰一直咳不出來。我坐在後座，離父親身體一個拳頭寬，不敢環抱他的腰只把手往後伸抓著鐵桿。父親的肩膀很高，從肩膀望出去就會被太陽射得睜不開眼，我賭氣似的硬要盯視，還是沒辦法，一連打了幾個噴嚏，低下頭看，眼前的景色在眼裡全變成了底片，好一下才恢復。

牙齦裡的血又滲了一些出來，血腥味很噁心，好希望含一顆糖果，仙楂糖也好。

騎了好久的摩托車，終於到了市區醫院。我一直覺得父親並沒有騎得像事情的嚴重性那麼快，從我們家到市區醫院的路我也跟著來過幾次，從來沒有像這一次騎得那麼久。

到了醫院問了樓層房號，我們便去等電梯。醫院的電梯都很慢。

「我們走樓梯。」父親說了這句話便轉身尋找樓梯，我趕緊跟上去，爬樓梯的時候父親連一句話都沒說，我追著他的綠色背影，一階一階的爬上三樓。在走進加護病房時父親停下腳步等我，卻始終沒有看我一眼。等我跟到父親身邊時，聽見他微微的吸了一口氣，然後開門進去。

「幹你娘，你是按怎教囝的！」

走出病房下樓梯的時候，父親仍然一句話都沒說。

他現在跟我有點一樣了，臉上有傷，嘴角裂出幾條細細的紅縫，綠色的制服領口很凌亂，敞開的地方可以清楚看見脖子上的勒痕。

跟陳忠脖子上的一樣。

走出醫院門口，陽光已經沒了，黑夜很像是突然就出現了。每當遇到這種情景我總有一種悔恨的感覺，好像這一天都白過了，沒有好好把握白天，讓它一下子就溜走變成了黑夜，黑夜過了就是一天了，這一天就這樣稀微的要過了。

過了，就不會再回來了。

醫院旁邊的街道上攤販林立，在我們背後醫院的電動門即將關上的時候，我又聽見父親輕輕的嘆了一口氣，感覺像是父親進去病房前吸入的那口氣一直到現在才吐出來一樣。

在回家的路上父親買了兩個便當，停好車進了屋子，父親與我分別坐在長藤椅兩側，邊吃著便當邊看電視。電視後面牆上就是我的獎狀，現在只掛兩張，一張是二年級參加注音比賽得第一名；另一張是三年級上學期第一次月考考第一名的獎狀，那是我自己選的。玻璃裱框會反光，遠遠看去兩張獎狀長得一模一樣，只有站到電視前面仔細看才看得出來，月考第一那張因為是全校第一，獎狀比較特別，上面有我一張小小的黑白大頭照，擠著下巴在笑。現在這種氣氛下看著那兩張獎狀令我坐立難安，簡直像是白牆上睜開的兩顆眼睛，死命的盯著我，尤其第一名那張照片裡我那個有點驕傲的笑容，看起來特別假，但看向電視的目光根本就沒辦法不看到那兩張獎狀。我和父親都沒講話，扒飯當中我不停用眼睛餘光偷瞄父親，但父親只是木然的看著前方，他一定也在看我那兩張獎狀。

電視裡的新聞畫面突然出現我們去動物園時看過的那個圓山大飯店，我心裡一陣鬆軟，感覺空氣裡的養分增加了。新鮮又熟悉的題材出現，我與父親冰冷的失聯狀態似乎有了聯結的契機，我心跳變重，張嘴無聲的多吸了一些空氣，轉頭望向父親，他仍然沒有表情的看著電視，我的視線頓時就冷了下來。那是一個新的政黨即將成立的新聞，畫面裡圓山飯店周圍停滿了車子，或站或坐也好多人，人們手上都舉著綠色旗子，跟部分碩大的紅色國旗互相交雜在畫面裡。記者的聲音在旁邊敘述著什麼，但內容我當時聽不懂，只隱約了解那是個跟政府有關的新聞。新聞的時間很短，大約只有十秒鐘左右，接著就轉成總統蔣經國在視察工廠的畫面，大家都搶著和總統握手。這時候，父親突然低聲說了一個字，我因為注意著電視畫面沒聽清楚，隨即，父親便放下便當盒，走上前去把電視關掉，要我趕快去洗澡睡覺了。

我哦了一聲，把便當盒收拾好，轉身往裡間走去。

「爸，」站在走廊口，我還是忍不住問了，「陳忠，會好嗎？」

「……」正要從煙盒裡抽出香煙的父親頓了一頓，沒有正面回答我，「緊去洗身軀！」

我沒得到答案，但其實已經得到答案，只是我還小，不相信自己的判斷。

洗完澡要走回房間的時候，我看見父親還坐在椅子上，低著頭似乎在想什麼，撐著頭的手上還夾著一根煙，煙頭早已經黑掉，地上掉了一堆煙灰。

父親頭髮濃黑，頭一低就把臉遮住了，沒有了臉，看不見父親情緒，我有點慌。

「爸，我去睡了。」我怯怯的喊著，試圖連上父親的情緒。

父親沒有抬頭也沒有回頭，只是輕輕的嗯了一聲，那聲音聽起來憂鬱得像地上的煙灰，電風扇一吹就散開了。

「歹勢。」我說。

「不要跟我說歹勢，去跟你同學說！」父親抬起頭望向我，眼神直盯盯的看著我。

那時的我真的太小，看不出父親的眼神裡是心疼還是憤怒；是原諒還是不原諒。而我，我也不知為何自己會說出對不起。不知是真心認錯，還是因為害怕。

但現在我知道，父親一直認為是我的錯，他跟老師們的看法一模一樣，認為我對不起陳忠，都要我去跟他道歉。但父親又是那麼疼愛我，我心裡唯一感到抱歉的人不是陳忠而是他，他卻不要我對他感到愧疚。因為陳忠的事情父親在醫院病房裡被那麼屈辱的對待，但他卻不要我對他感到愧疚。他要我向陳忠道歉，這件事情讓我愧疚，對於陳忠，我從來沒覺得自己做錯！

一個禮拜後，我回到學校上課，那一週裡父親都載著我一起去送信。我心裡除了感謝父親對我不加責罵之外，我還開始慢慢覺得父親孬！休息的那幾天我天天幻想著父親乾脆幫我休學，讓我到郵局幫他工作，但他卻只是靜靜的載我跟他一起到處送信。

這期間他去了兩次學校，我不知道他去做什麼，他都要我在外面等。穿著便服站在教務處外面的走廊上感覺很怪，所以我都寧願在摩托車旁邊等父親，儘管外面的太陽像蟬聲一樣熱烈。

最後，父親還是輸了。我以為他在幫我辦休學或轉學，但他並沒有。他跟陳忠的家人談了什麼亂七八糟的協議我也不知道，只知道他跟學校談的結果就是幫我請一個禮拜的假，然後我又得繼續回到學校上課了。

重新走進學校那一天，我感覺似乎有什麼東西不一樣了，雖然學校還是那所學校，校門口還是第一天上學的樣子，老師也都還是一樣的老師。一開始我進度有點跟不上，老師講的課文都聽不太懂，一個多禮拜後才慢慢進入狀況，但第一次月考我還是落到了史無前例的第十二名。

重新上學後我有一個新的工作，就是每天要到六年級陳忠的教室，幫他把作業拿到五年級交給他弟弟。我不懂為什麼不能叫他弟弟或妹妹自己去拿，這樣的要求也許是為了要時時提醒我，是我把陳忠弄進醫院裡去的，是我讓他永遠不能回到那個位置上，是我讓他永遠沒辦法自己把作業帶回家。

考出十名外以後，老師常常把我叫到辦公室去講話，我發現自己開始真的聽得懂老師講的話，他們講的都是屁話。他們也是只懂得單挑或圍毆的人，他們不斷苦口婆心告誡我不要想單挑全世界，應該要好好努力以保證自己可以加入圍毆別人的行列裡。

他們不知道這世界上還有其他的選擇。

從那次考試之後，我再也沒考進過十名以內，但在同學之間，我似乎成了全校第一名的風雲人物。原來平時不爽陳忠的人還不少，不管是被他欺負的或是跟他爭地盤的。許多原本跟我一點都不熟的人一個一個跑來跟我認識，有些人還很殷勤的與我稱兄道弟，一開始我根本摸不著頭緒，慢慢才發現，擺平了陳忠，而且是用如此兇殘的方式擺平他，讓我在學校聲名大噪，跟陳忠一樣也有了一群死忠跟班，我甚至還開始收到情書。

當然，在不是單挑就是圍毆的概念裡，原來與我熟識的好學生們便開始慢慢的疏離我，他們看我的眼神從原本的熟悉與友好，全都變成一種謹慎的恐懼。連黃文心也一樣，雖然她原本就不太理我，但因為陳忠事件，她幾乎每天是哭喪著臉坐到我旁邊的位置上，早餐再也不分我吃、情書再也不給我看，有一次我打噴嚏還把她嚇哭了。

她哭完後沒多久，我就被換座位了。

那時我才小五，十一歲都還不到，但我已經開始認識這世界，並且對它感到悲哀。

章節 02

丁哲修

原來，他在認識丁哲修以前就認識丁哲修的父母了。

丁哲修他家就住在學校後面的眷村裡面，他爸是個老外省。他們家是開雜貨店的，還兼賣學校的作業簿和一些文具。丁哲修有一個弟弟叫丁哲齊，他爸管他們兄弟很嚴，每天盯他們做功課，還要背國父遺囑。他家裡牆上掛的除了一幅國父遺像，其他都是他們兄弟倆在學校得到的獎狀。

丁哲修的媽媽是個很漂亮的女人，比丁哲修的爸爸年輕很多。跟他母親的豔麗不同，丁哲修的媽媽通常都只穿著簡單的素色上衣和一件深色的長褲，坐在他們家店門口。遇到有人經過時，她就咧開嘴和人寒暄，大部分時候人們和她來回一兩句也就走遠了。但有時候招呼一打就能把人拉進他們店裡，隨便買點什麼東西。他很小就注意到了，和丁哲修他媽媽打招呼的人大多也是媽媽們，男顧客只用眼睛瞟。

丁哲修的爸爸是不顧店的，他每天早上都很早就搭公車到市區去上班了，至於是上什麼班，小孩子們永遠搞不清楚。只知道他爸爸上班的時間和小學生上學的時間一樣早，每次都能在上學的路上遇到正要走去等公車的他。他爸爸是個嚴肅的人，走在路上總是抬頭挺胸，帶著一臉上戰場的神情，手上提著的公事包和兩腳走路的頻率始終一致。偶爾，有一兩個學生的家長帶小孩上學，在路上看見他都會對他打招呼，但他通常都沒有什麼反應，久了那些大人們也都習慣性的對他視而不見，對於孩子們總在背後叫他「老芋仔」也不再如此厲聲阻止。

大人們對丁哲修他老爸好像都很疏離，那種疏離不是嫌惡的那種，而是帶著一點點敬畏的，他一直這樣覺得。

但他的看法跟其他人不一樣，他看過丁哲修他老爸另外的樣子。

他國小要畢業那一年冬天，有一個晚上小鎮裡的大人突然全都哭了起來，蔣經國死了。像大停電似的，男男女女全都離開屋子聚到街上去，女的一群一群圍在一起小小聲的啜泣，男的則三三兩兩站在大樹下臭豆腐攤旁邊無聲的落淚，偶爾爆幾聲幹你娘，不知是在罵什麼，有兩個人聊著聊著還打起架來。兩個大人像油條似的抱一起在地上扭，嘴裡一個罵幹你娘一個罵操你媽，操你媽那個年紀比較大了，很快被壓在地上，幾個人聚過來把那個幹你娘拉走，操你媽的還是沒起來，縮手縮腳窩在地上嗚嗚哭得像條狗。

蔣經國死後沒幾天，丁哲修的爸爸就生病了，小中風。聽起來嚴重，其實沒怎樣，請了幾天假便又起大早提著公事包去上班。只是沒想到才上沒兩個禮拜班，一天傍晚回來就臉垮垮念著要退休，很快農曆年前就去辦了手續，從此村子裡再也沒人見他提那公事包走路。

這些都是他認識丁哲修之後才知道的。

升上國中後，父親讓他騎腳踏車上學，他騎著幾年前母親屁股也騎過的腳踏車，穿過竹林，到比國小更遠的國中去，心裡想的不是學校的功課而是怎麼樣可以讓女生坐到他腳踏車後座。國一下學期腳踏車他就不愛騎了，每天把腳踏車騎出門藏在竹林裡，一個在撞球間認識的高中生會在那裡等他。他不知道高中生的名字，高中生也不知道他的名字，他叫高中生「高中仔」，高中生則叫他「國中仔」

他們剛認識時，高中仔騎一台名流一百，液晶碼表，斜板上貼著一排藍色的卡典西德「一場遊戲一場夢」，斜板底下裝了一排藍燈會跑，像霹靂遊俠裡的伙計，超炫。喇叭還去改成連續蜂鳴，按一下可以把人嚇好幾跳。

高中仔每天就騎那台車載他上學。

國二才開學，某天早上，高中仔不知是煙抽過頭還是沒睡飽，看到紅燈也不停，直直就往一個國中生撞過去，那國中生看見機車衝來跳閃到一邊，還是被擦撞倒地。高中仔機車龍頭抓不穩，扭來扭去要倒，他趕緊手一撐跳下車，機車馬上打滑橫倒，高中仔像一塊布跟著擦過去。放開機車高中仔馬上跳起來往國中生那邊衝，伸手就扯起那國中生衣領，他還在想要助陣還是勸架，就聽見高中仔哀號的聲音。

高中仔右手虎口被國中生掐住，往他自己的方向反折扣住，看起來像中風的姿勢。他停下來仔細看才發現，那國中生長得高頭大馬，體格幾乎比高中仔還好。高中仔被壓得跪地，他趕緊衝上前去解圍，舉腳就往國中生踹去，怎麼知道國中生反應超好，一轉身就閃過了，還把高中仔扭得像豬叫。

「幹，你想怎樣！」他盯著國中生問，國中生也盯著他。

「你們撞我又想打我，你說要怎樣？」國中生說著又把高中仔的手掌往下壓，他看高中仔痛得大概尿都要出來了。

「你不要搞他，我們就散。」他說。

「少來，」那國中生說，「要嘛道歉，要嘛進學校講。」

「又不是……」他一句話還沒講完，高中仔已經哭腔哭調的不停道歉。

「啊～」高中仔一道歉，國中生馬上就放手了，但高中仔卻突然出手往國中生臉上揮去，國中生縮頭，一拐子就往高中仔胸膛頂去。他看起來是輕輕的，高中仔卻軟下來，摀著胸縮在地上哀叫。

「敗類！」那國中生盛氣凌人的走了。

「以後不要叫恁爸載你啦，幹！」高中仔惱羞成怒，把他留在路邊自己牽起機車就走。

他又被留在路邊，當年就是這麼看著母親的背影離去，現在又看著高中仔的背影呼嘯而去，兩個背影都讓他莫名其妙，他心裡一股火想要殺人，但那些背影都奔離得太快，他怎麼追都追不上。他其實好想跟著背影走，看看他們到底去了哪裡，為什麼都不讓他跟。

眼看上學時間已經遲到，路上穿制服的學生只有他一個，他站在那裡有點窘，一下子不知道該做什麼。他心裡沒有怕，他現在很少怕什麼了，他已經長大了，不是當年被母親留下的小學生。

「幹你娘的死高中仔，打輸人家還怪卵葩重！」他朝著高中仔離開的方向大罵。

到了學校已經要升旗了，樂隊零零落落試吹喇叭的聲音從圍牆裡傳出來。從側門欄杆縫隙裡擠進去後，他剛好看到樂隊敲敲打打的走過穿堂。他從旁邊小花園踅進教室，把書包一丟就衝出去偷偷鑽進班級隊伍裡，他不想導的帶班回來看見他在教室裡，又要問東問西的。

校長在台上講話，他在後面紮衣服，剛剛一陣折騰他整個制服上衣都垮下來了，皮帶頭也歪一邊。紮好衣服抬頭一看，才發現早上那人站在台上，校長正笑盈盈的把獎牌頒到他手上。獎牌上寫什麼看不到，司儀老師說那是全國書法大賽第二名，說完便要全校一起鼓掌。

「我們再給三年一班的丁哲修同學掌聲鼓勵鼓勵！」司儀老師堆著一臉笑。

靠夭竟然還是個好學生！他差點笑。

回家後父親還沒回來，他看著陰暗的客廳嘆了一口氣，輕微得幾乎連自己都沒察覺。然後，他自己打開冰箱把昨天晚上吃剩的湯麵熱來吃了。晚上看電視時父親的摩托車聲音撞進屋子，他抬頭看一眼發亮的窗戶，轉身走進房間。

「國仔。」他聽見父親喊他的聲音，但他躺在床上不想回答，一陣靜默後他聽見電視扭開的聲音，轉身把枕頭拿來壓在頭上。

那件事情發生後，他像失了魂，成績越來越差，到小學畢業時幾乎是吊車尾。升上國中後像是刻意要刺激父親似的，他抽煙騎車蹺課什麼都來，考試成績根本就不當一回事。父親每次看到他的成績單總是抬頭望著他若有所思，像是要對他講什麼話，但最後卻只是搖頭。

他很希望父親直接就對他把那些什麼講出來，不要這樣憋著兩個人都難過。但父親就是什麼都不說，有時候看電視看得頭高高的，他知道父親是在看他那幾張獎狀，每次他一發現父親在看那些獎狀，二話不說甩頭就進房間，但總是關了房門就開始後悔。

學校都是一窩蠢蛋，生活在裡頭他知道自己能，他有那樣的條件，他只是愛玩，他只是有點懶，只是，不知道該怎麼走回來……

但父親總是糾結鬱悶、總是沉默、總是對他太好。

父親都五十幾歲了，灰頭髮已經不是一根兩根可以拔掉的程度，每天還要出去外面風吹雨打的給人家送信，怎麼做都賺不了大錢，何況每個月賺的錢裡有一大半都要給那家垃圾。

他不知道父親怎麼跟陳忠他老爸談的，民事和解後陳忠他爸三天兩頭就打電話要父親接，父親每次接了電話就急匆匆的騎摩托車出門去，回來時總一臉疲憊。他問了都說沒事。一次他火起來朝父親大吼，「沒事沒事，沒事會打電話來叫你去！」父親一臉掙紅，像是就要跳起來砍人，父子兩橫目對視，沒兩下父親眼神軟下去，說他累了想休息。

他氣得把牆上兩張獎狀全都扯下來，往父親房門砸，但那房門只是靜靜的，沒有反應。

「我叫丁哲修，認識的人都叫我釘子。」

不知道為什麼，不認識的時候八百年沒見過，一旦認識了，便怎麼樣也甩不掉。他跟丁哲修從撞車事件後便常常遇見，有時候在上學路上，有時候是放學時，在學校裡也常常碰見，有一次他們還在眷村後面的撞球間裡碰上了。

他總是裝作沒看見，他自己知道他有點怕丁哲修，單挑拿下高中生讓他感到震撼。

在撞球間遇上那一次，終於讓他們兩個人互相認識了。

一進撞球間他就看到丁哲修了，他們總共六個人在最邊桌。

他跟幾個朋友開了一桌，跟丁哲修他們中間隔兩桌。原本是八竿子打不著，但才開球沒五分鐘，隔壁桌一個打赤膊背上刺了一隻老鷹的人姿勢超誇張，桿子每次拉到他們桌邊來。一次兩次他朋友就火了，在那人拉桿推出去的時候敲他桿尾，凸鎚，兩桌人都笑。那人抓起一顆球回身就丟過來，實心球飛很快，幾乎同時就咚一聲砸到遠遠的鐵皮牆上。兩組人馬也幾乎同時就開幹起來，他們這邊四個，對方那邊七八個，連談判的空間都沒有，馬上就開打。其他桌的人不是跑了就是退遠遠看好戲。他沒在怕，桌上兩顆球握在手裡，看人來就甩過去，砸中的都見血。但對方人多，桿子拿起來當長刀揮來揮去，隔著球桌都能掃到人，他們怎麼打都輸。後來不知怎麼另有一批人圍上來打，似乎是助陣他們來的。老鷹刺青那隊人看情勢不利，桿子丟了就跑，還不停幹你娘。對手跑了他才發現助陣的就是丁哲修他們那桌，六個人全都高頭大馬，短褲背心，肌肉看起來硬得像石頭。對手跑了，他們這邊機靈的也跟著邊罵邊跑，還把丁哲修那隊人馬拉出球間。

事後他們跑到鎮上唯一一間像樣的紅茶店去認識，才知道丁哲修那邊的都是學校籃球校隊。

「剛剛人都打跑了，你們還愣在那裡是要幫人家付錢嗎？」他說。籃球隊員恍然大悟，都笑。雖有革命情誼，但兩隊人馬互相認識後，其實話不投機，沒半小時就散了。

「學弟，我是不是認識你？」離開前丁哲修看著他問。

「馬的上次你被我們撞都忘記了？」他回。

「啊對，難怪我看你就眼熟。」

「上次你朋友，沒事吧？」

「不知道，沒再看過他了！」他冷冷回。

「你們不是朋友嗎？」

「不算是，只是撞球認識的。」他說得也沒錯，他連高中仔名字都不知道。

從那之後，丁哲修常常找他去喝茶，偶爾，他也會跑到側門的籃球場去看丁哲修練球。丁哲修是校隊主力前鋒，打起球來跟他打人一樣，又快又狠。他看出興趣，練習結束後的自由投籃時間他都會下場跟他們玩，他天生體力好，慢慢的竟也打出樣子來。

一天，丁哲修問他有沒有興趣加入籃球隊，因為丁哲修已經三年級，這學期結束就要退出籃球隊，準備聯考了，籃球隊需要新血加入。

他答應了。

不是什麼籃球名校，校隊只是某個老師的興趣，純粹練好玩的，有丁哲修推薦，幾個測試就讓他進去了。進了校隊後天天早上下午都泡在校隊球場裡，練球練得一身黑。除了教練，丁哲修教球教得很好，他跟著學，身手架式很快就像練過幾年的。他協調性不錯，打起球來很好看，但他自己不知道，只覺得打球爽，可以忘掉很多事，還可以不用早自習。

每天下午操練結束後，幾個家裡不太管的隊友都跑到附近冰果店喝涼的，他跟丁哲修每會必到，幾個壯碩的中學生圍坐在冰果店小方桌聊戰術聊得天花板都快掀開。冰果店老闆也是籃球迷，店裡擺一台電視，假日早上都播傳達仁的NBA。投籃，得分，非常好看。

丁哲修不只文武雙全，還有才華，會彈吉他，說要教他，他不置可否。

丁哲修要他到家裡來學，把住址給他，他看了嚇一大跳，原來丁哲修家就是眷村裡老闆娘很辣的那家賣文具的，而他爸就是那個提公事包的怪人。

他也才發現，自己不知幾百年不曾到眷村裡蹓躂了。

一進丁哲修家裡就聞到一股中藥味，丁媽媽還是坐在櫃台後面朝著人笑，但那笑容裡的魚尾紋變多了，他有點意外，原來那麼美的笑容也會老。他淺淺的點頭笑，但沒叫人，他就是這樣，看人總不會叫，常常被幾個長輩唸，小時候因為這個理由被母親打了幾次都不記得。其實他自己知道他都有叫人，只是叫在心裡，在心裡叫就不算叫嗎？他很不爽。

爬幾階木樓梯上到二樓他才開口，「釘子，剛剛樓梯間那個小床上躺的是你爸？」

「嗯。」丁哲修握著吉他低頭在調音，「他躺一年多了。」
「是怎樣？」他問。
「醫生說是腦中風，」丁哲修說，「在那之前已經中風過一次了，沒怎樣。去年五月底，就五二〇大遊行隔天，我媽牽著他到巷口去吃牛肉麵，邊吃邊看電視還聊著天，沒想到突然這樣直挺挺躺下來，倒下去時我媽沒拉住，頭撞地上，撞得一臉血，差點不知道送醫院還是殯儀館。」
「怎麼會這樣？」他問。
「不知道，」丁哲修嘆口氣說，「我媽說我爸那天大概是在新聞裡面看到警察被打吧，氣到。」
「幹……」他用氣音罵了一小聲。
「醫生說能躺幾年算幾年，沒辦法了，」丁哲修接著說，「前幾個月聽收音機聽到天安門的新聞還差點掛掉，又送去醫院躺了幾天才回來，現在只能放老歌給他聽。」
「天安門？在哪裡？」
「靠夭，就六四的天安門事件你不知道？大陸那個民運啊，死一堆人你不知道？」聽到丁哲修一聲靠夭，他腦袋筋一炸，有點想要火起來，但只有一瞬間，知道是語助詞，他很快又沉下來。不知道為什麼，現在年輕一點的外省人很喜歡學他們罵台語髒話，會飆媽哩個屄、操你媽的人，現在越來越老；越來越少了。

「馬的，那個擋坦克的學生太屌了，那才叫革命嘛，我們這裡只是在那裡喊，還反攻大陸咧，人家一人一口口水我們就淹死了……」丁哲修跟大人一樣，一談到政治就嘴角全泡，講個不停。

「……」他只是聽，沒有回應丁哲修的什麼話。六四的事情新聞電視上每天報，他怎麼可能會不知道，只是他沒當一回事，一下子沒會意過來而已。其實這樣的事情如果沒有新聞報導，他根本不會知道，兩岸的關係他是知道，但知道了又怎樣？家裡也不會有錢！陳忠也不會趕快死！像這樣的新聞他平常都沒在看，新聞裡的事情沒有一件發生在眼前，像演戲一樣有什麼好看，還不如看布袋戲。

剛剛樓下陰暗看不太清楚，但也看得出床上那人枯瘦得像人乾，提著公事包直挺挺走路的莊嚴形象完全搭不上去，像是鄭少秋不演楚留香，突然穿上西裝演時裝劇的感覺。

那天，在河堤邊看到丁哲修他爸爸的時候，他氣色還很好，杵著拐杖走得挺快，還能在竹林裡鑽進鑽出的，沒想到現在變這樣……。他突然想到陳忠。陳忠本來就壯，現在肥得像條豬，一張臉有他兩倍大。一樣躺床上，他不知道陳忠是怎麼躺的可以躺到那樣爽。

丁哲修說他爸爸沒生病的時候超有威嚴，小時候他爸爸瞪一眼他就快嚇死，而且他爸爸規定很多，不合規定都要打。

「我爸打人真的痛到會死掉！」他說。

他爸不准他打籃球，他參加校隊的同意書是偷偷叫他媽簽名的。因為他爸爸工作的關係，跟他們兩兄弟的感情很疏離，但等到爸爸倒下後丁哲修才發現他被管習慣了，沒有爸爸的規定，他有點不知所措。

但也因為父親倒下了，丁哲修才可以光明正大參加校隊還有練吉他。

他問丁哲修，上次怎麼能那樣對付那個高中生。

「那是我爸教我的，」丁哲修說，「他從小就要我們跟他學這個。」丁哲修放下吉他跳下床比劃，兩隻手像扇子能舞出風，房間不大，光影顯得快，三兩下他就被逼到牆角，丁哲修最後一掌往他臉劈來，掌到了風才跟著過來，他忍住不要顯得害怕，但心裡感覺鼻子像要塌了。

「他說防身，」丁哲修吐兩口氣坐下來繼續說，「從上幼稚園開始就要練，每天早上五點。」一掌又打開在他眼前。

「你爸爸以前是在做什麼的？」他問，拉開書桌椅子坐下來，丁哲修轉身再把吉他抱到胸前。

「我也不知道，他沒說過。」丁哲修聳聳肩，拿一片三角形的紅色塑膠片輕輕的刷吉他弦，跟著沙啞的聲音唱起，「曾經以為我的家，是一張張的票根，撕開後展開旅程，投入另外一個陌生……」

回去的時候，他再仔細的看了看樓梯間，有兩個人，丁哲修他媽媽坐在他爸爸床邊，拿著扇子輕輕的在他頭上搧著，輕輕的哼著歌。旋律聽起來有點熟，但因為丁哲修媽媽只是哼，聲調又輕又慢，他聽不太出來。床上那人眼皮緩慢一眨，眼珠像烏雲蠕動，就要聚不攏，身體歪著，臉也歪著，躺在方方正正的床上。

那喉音溫柔，就像母親哼給兒子聽的搖籃曲，只是那兒子老得多。

聽見他們下樓，丁媽媽轉頭朝他們咧嘴笑了笑。

「要回去啦？」

「嗯。」他試著也回一個微笑，才發現他已經很久沒有笑了。

學期中時，他們學校籃球隊與市區的國中友校有一場友誼賽，那是他第一次排入出場名單，當替補小前鋒。

友校是縣裡少數有室內球場的中學，雖然只是磨石子地板，但運球聲音在場內迴盪的感覺就夠屌，一走進去他們都感覺自己是灌藍高手裡的角色。

大概是學校重視體育，雖然只是友誼賽，但對方教練竟然動員幾個班級，把觀眾席坐到快滿，他原本以為只是球隊練球一樣，很意外場面竟然這樣大。他看一眼球場上正在熱身的地主隊，再環視一圈周遭喧譁的觀眾，他有點震到，不知道自己怎麼會莫名其妙的就跑來打籃球了，而且還真的有機會代表學校上場。

他不知道自己值得這樣，心跳很重，手裡抓著汗。

對方兩位老師充當裁判，「嗶」一聲，高拋的球被撥開，比賽開始。

打到上半場剩三分鐘時，他們已經輸十八分，在對方的場地輸球就像被丟在鍋子裡煮一樣，四周圍全都是囂張的鼓譟喧譁，那聲音裡的譏諷滾燙得可以把他煮熟，尤其是坐在他們休息區後面的那幾個。

他馬的不能笑小聲一點嗎？他想，他已經很久聽不得這樣的揶揄了。

下半場剛開始時教練要他替補上場，才剛摸到球，對方後衛伸手就抄，往他手臂狠狠打去「犯規。」他心裡和嘴裡都喊了出來，往裁判看去，竟被瞪了一眼，他心裡的膽怯自卑整個武裝起來，腦袋都快自爆。

對手前鋒三兩下切進去，傳兩個球中鋒已經有空檔，輕鬆進球。球權又回到他們這邊，對方球員體力好，採全場盯防，他們這邊後衛球連半場都運不過，他衝上去要接，對方一個箭步擋在他面前，他閃過來，那人馬上又來，他眼一紅理智斷線，一肘拐就往對方背心頂去，那人狂喊一聲痛得在地上捲起來，他立即騎上去扯住對手脖子一拳揮下去。

體育場周邊突然轉大火，轟一聲群情炸起來，對方休息區的球員一擁而上，他們這邊的教練與球員也衝上去護他。場邊看球的同學紛紛把飲料罐往他們休息區丟，幾個激動的攀過欄杆就跳下來，直接跟他們隊友幹起來。外面又衝進來幾個老師也架不住，沒多久警車就停在球場外面。

幾個老師作保，警察沒有為難他們。那天回到學校，已經晚上八點多，為了保住全隊，教練只發佈一個指令就要球員們先回家，指令是要第一個動手的人退出校隊，那是他。

「退出就退出，以為老子愛打哦，幹！」他把球衣脫下來就往地上丟。

「你是白癡嗎？」回家路上丁哲修氣得一把將他架到圍牆邊。

「……」他唯一感到抱歉就是丁哲修。

「馬的，只是一場友誼賽，你有必要這樣？」丁哲修氣得冒煙，「你是有病啊！」

「打都打了！」

「打球啊，你打人幹嘛？」

「就看他不爽啊！」

「你看誰有爽過，你告訴我？」

「今天就是看他不爽啦！」

「好，你看人家不爽，現在搞到自己被退隊，是有爽到誰？」

「幹你娘，這種校隊要退就退啦，你有沒有看到今天裁判判那個什麼芋仔蕃薯？馬的教練連吭一聲都不敢！」

「那是人家學校，你NBA看那麼多，主場你知不知道，主場！」

「你娘咧主場，是有多主場！教練每次在那裡說球場如戰場，人家戰場有在跟你分這個哦，逮到機會就要給你死了啦！」

「……馬的，你真的有病，」丁哲修冷眼看著他搖頭，「殺人殺上癮了哦你。」

丁哲修兇兩句已經沒氣了，這句話只是語尾的嘮叨，但卻像根刺扎進他耳裡，他從牆邊跳起來。

「幹你娘，你說什麼？」

「沒啦你，神經病哦。」丁哲修有點被懾住，委婉回答。

「我殺什麼人了？」

「沒啦，我只是隨便說說。」

「陳忠是有死了嗎？」他火起來追根究底，「陳忠現在是死了唷？」

「就說沒有了，你是在神經什麼？」

「幹，」他衝上去就揮拳，「現在是誰神經？」丁哲修腳步一轉，閃過他一拳，但他卻用身體撞向丁哲修，兩個人一起往圍牆衝去。

困住丁哲修，他一拳就往肚子打，丁哲修肚子吃痛，悶哼一聲，馬上回擊，手肘朝他背心頂下來，痛得他腳軟。但他沒鬆手，兩手死抱著丁哲修的腰，頭往上一抬撞向丁哲修下巴，撞感紮實，丁哲修肯定流鼻血。他還在想，一隻膝蓋就往他臉頂來，他眼睛一閉腦裡便像起了火花，整張臉馬上熱痛起來，身體也跟著翻轉，感覺像掉進水裡，毫無方向感。他伸手一撈，撈到丁哲修的衣襬，死命扯，兩個人像兩條狗纏在一起，倒在圍牆邊的路燈下，遠處響起斷續的狗吠，黑色的雲在空中緩慢的變形。

隔天他沒去學校，穿著制服跑到撞球間跟那些輟學的高中生混，煙抽得肺都發苦。他其實沒本錢泡球間，他父親賺的錢全都繳給陳忠他老爸了，他們家窮得不用鎖門。但他還是會從父親那裡偷錢。父親洗澡時會將白天穿的長褲脫下來掛在浴室門口，他會趁那個時候從父親口袋裡偷些零錢。他球打得不好，輸球付帳，沒兩下錢就掏光，幾個球伴也義氣，讓他免費跟打了幾局，但沒輸贏的球打起來無味，他悻悻然的離開了。離開時隨手在撞球場外面偷了一輛兜風，偷車他國小還沒畢業就會了，一開始是偷腳踏車，那種彈簧鎖他三兩下就撬開。學會騎機車後他開始偷機車，自己磨了一隻小鐵片，偷偷拿父親的野狼試了幾次，很快掌握訣竅，從那時開始，沒有什麼鎖難得倒他。他把車牽出隔壁巷才發動，一個人騎到市區中華路，從後門小洞鑽進歌劇院裡去吹冷氣看脫衣舞。這是高中仔帶他來的，高中仔老爸是歌劇院大股東，高中仔從小被禁止到這裡，所以他就特別愛來。顧門收票的老頭很長眼，放任高中仔從後台小洞鑽進來，有時工作人員發現，看見是頭家仔囝總也睜一隻眼閉一隻眼。高中仔帶他來過兩次後，他也有了鑽小洞的權力。

歌劇院裡燈光昏暗得像神廳，舞台上的燈光也沒有比較清楚。昏燈下一個三十出頭的舞孃脫得剩內褲，兩顆奶大而垂，白得發亮。舞孃手拿一隻麥克風唱著惜別的海岸，聲音粗老但綿長，尾音顫得發浪，腳下踩一雙紅豔的高跟鞋，永遠不在拍子上。他眼睛跟著奶子晃，血絲大概從眼角一路往瞳孔爬去，都看出雙影了。晃著晃著，音響收音奶子也收進後台，主持人上來說兩句，兩個人搬來一張床，一對穿著浴袍的男女挨挨蹭蹭上來，女的老男的更老，兩人演起公公調戲媳婦的戲碼。女演員那浴袍久久不脫，他看到睡著。

再醒來，台上兩個人已經脫光躺在床上糾纏，他有點餓，低著頭又從小洞鑽出來，中華路夜市已經上燈，人潮多得像灌腸，食物的香味一巴掌一巴掌打來，但他沒什麼錢了，只買了一套大腸包小腸邊騎摩托車邊吃。

晚上七點多回到家，屋子裡還是暗，推開門才發現一點紅光在椅子上閃，父親坐在椅子上。他啪一聲按開燈，日光燈閃滅之間屋子像炸了幾次。

「幹嘛不開燈？」他把書包往衣架上掛，低頭走進廚房洗臉。回到客廳，父親仍坐一樣姿勢，一身綠色制服還沒換下。

「你們老師有打電話來。」

「哦，」他坐在藤椅另一側，從茶几底下抽出一本漫畫，隨意翻著，「他說什麼？」

「你今天去了哪裡？」

「隨便逛。」

「你被學校記過了你知道嗎？」

「……」他確實有點意外，只因為蹺了一天課就要記過？「不知道，記了就記了。」

「你現在是攏在做什麼？」父親聲調提高問他。

「……」他低頭盯住漫畫一角，沉默不語。

「國仔，你這樣是不行的。」等了一陣沒回應，父親軟聲開口。

「我知道啦，」他說，「我也想好好讀書啊。」

「那為什麼不好好讀呢？」

「那些賤人就喜歡來惹我啊！」他突然大聲。

「誰？攏是誰在惹你？」父親殷殷的問著。

「就……啊你不知道啦！」

「阿國仔，你已經不小漢了，不要再跟人家爭強鬥狠了，人家惹你，忍耐一下就過去了，你還有大好……」

「忍什麼忍？為什麼要忍？」他突然從藤椅上站起來，升上國二突然抽長，個頭已經堪比父親，「要像你這樣把一輩子都忍掉嗎？一輩子都忍掉了還有什麼前途可以講？啊！」

他悶一天，心頭火攀著父親的話燒上來。父親被搶白，一時無言，坐在椅子上抬頭怔怔的望著他，像有話說不出來。日光燈下父親頭頂心被照得透亮，原本濃密的頭髮沒幾年已經稀疏，從旋頭灰出來的髮絲疲軟的攤在頭皮上，頭皮上有斑。風吹日晒把父親折磨得比五十幾歲還老，兩眼的眼袋也許曾經緊實，如今只是消了氣的球皮，順著顴骨扯開的幾道紋路像開一朵日暮黃菊，黑中帶黃的臉色更把委屈襯得令人反感。

又來了。他心想。每次都這樣看他，想說什麼也不講，像是連罵他都不敢。

「好了啦，我沒有要跟你講這個。」頓了一頓，父親還是選擇繞過話鋒。

「你沒有要講，你最好一輩子都不要講。馬的！」他轉身就回房間，甩上門前他希望聽到父親把他叫住，最好是發出惡狠狠的像是要殺了他的那種聲音。

碰。門關上。

他跟丁哲修從打架之後都沒講話，在學校遇上也互相當作沒看見。他放學後還是會到籃球隊去看他們練球，只是遠遠的坐在看台上，也不靠近。

一天早上他照例又跑到球場去看，發現丁哲修今天沒來隊訓，放學後他繞路到眷村去，還沒走到丁哲修家就發現有人在辦喪事。

他沒進去，靈堂搭在文具店門口，原來擺在屋簷下的文具架都收起來了，搭了一個帆布棚子，直接從屋子長出來，靈堂口擺滿了鮮花，棺材就擺在一堆花中間。他不太敢靠近，小學五年級之後他以為他什麼都不怕了，真的看見棺材他才發現這世界上還有很多可怕的東西。他看見丁哲修跟他弟弟穿著麻衣跪在地上，丁媽媽被幾個婦人扶著站在旁邊，身體軟歪歪的腳上只剩一隻拖鞋，整個人看起來就像剛被救活。幾個外省老兵哭得嘴巴大開鼻涕都噴出來像在演戲，更遠的地方有幾個戴墨鏡穿西裝像黑社會的人站在樹下聊天，其中一個人把黑得發亮的鏡片往他這邊看的時候，他就離開了。

幾天後他在導師辦公室遇見丁哲修，他被罰站，丁哲修拿假單去銷假，兩個人互看了一眼，他先把眼光移開了。

喪事過後丁哲修就退出籃球隊了，明年夏天就要聯考，每天下午放學後丁哲修開始補習，不補習的時間就回家幫母親的忙，很少出現在球場；也不再進出撞球間了，好學生的生活真的不一樣，他們的時鐘好像比較準。

寒假前，高中仔又開始載他上學，放學後一起溜進歌劇院裡看脫衣舞。高中仔不知哪來的錢，又換了一輛新的追風RZR，騎在路上超屌，就是要閃警察比較麻煩。

有一次，台上舞孃脫得差不多時，高中仔突然戴上學校的帽子站起來，伸手拍拍前座一個老得只剩皮的老人肩膀，那老人抖一下轉頭，手裡還握著自己的老皺雞巴，眼神裡的恐懼藏都藏不住。他的驚訝跟老人差不多，不知道現在在演哪齣，台上女生的呻吟聲一下子退到好遠。

「派出所臨檢！」高中仔壓低聲音嚴肅的說。

原來高中仔騙那老人說是警察，等一下就有一批便衣要來抄，要老人拿個五百塊出來趕快先走人。黑天暗地的那老人竟然信，一隻手抖得快斷，伸進口袋裡掏半天掏不出來，一隻老龜頭就躺在褲襠口，還牽絲。

「緊咧！」高中仔低喝一聲，老人才捏出一團紙鈔，塞進高中生手裡便踉蹌的爬出去。高中仔又如法炮製勒索了幾個老人之後，請他到公園對面的咖啡廳裡吃了一客三百五十元的牛排。他看著高中仔嚼牛排的臉，像極了陳忠快被他捏死時的樣子。他突然有點厭惡高中仔，如果有一天高中仔勒索的是他父親，他一定拿叉子把他眼球挖出來。

「伯父您好，我找洪維國。」

剛開學沒多久，大約三月的時候丁哲修跑來找他，這是第一次有人客客氣氣敲門找他，他父親笑著把人迎進門，跑進廚房去弄水果。

半個學期沒講話，兩個人有點窘。

「要不要去打球。」丁哲修先開口，他點點頭沒回話，拎了外套就要把丁哲修擠出門，還是丁哲修探頭向廚房的父親道了再見。

打了幾個半場，兩個人才累吁吁的坐在球場上休息。

「對不起。」還是丁哲修先開口。

「對不起，」他也跟著說，「那時候你爸……我沒去。」

「沒關係，除了他幾個老戰友和那些人，也沒什麼人去。」

「她……」丁哲修頓一頓說，「我說我媽，她……其實不是我親媽。」

「……」他有點訝異，轉頭睜大眼望著丁哲修。

「他是我爸再娶的，我真正的媽在我們很小的時候就死了……」丁哲修說的時候沒有看他，只盯著眼前的籃球，「很好笑，這個消息是我媽，我說現在這個，告訴我們的。我爸病得太突然，倒下來的時候話已經講不清，也不知是忘記還是故意，最後連講都來不及講就走了。」

外省老兵續弦再娶司空見慣，眷村裡常看見老芋仔身旁牽一個半老女人，丁哲修他爸爸再娶他倒不意外。

「因為我爸在國安局上班，他是特勤。」丁哲修又說。

「啊？」這就讓他非常驚訝了。

「所以，我們家常常有不能看的信。」

「所以，那天有一堆黑衣人去送你爸？」他忍不住說出來。

「你怎麼知道？」輪到丁哲修瞪大眼睛。

「……」他沉默不應。

丁哲修沒追，接著說，「不過也是，那幾天那些人就在我家附近走來走去，鎮上的人要不知道也難。」

「難怪你爸會教你那些功夫。」他恍然大悟。

「嗯，」丁哲修輕聲回答，「這兩年他脾氣很差，我本來以為是病。」

「嗯？」他語調拉高，表示疑惑。

「小蔣死前聽說就已經沒什麼權力了，那時特勤組織無聲無息的被改朝換代，很多狗屁倒灶的事情都浮出來，我爸跟幾個老一輩的被逼退休，偏偏那時他剛好生病，被提報不適任，連掙扎的機會都沒有就退了。」丁哲修平平靜靜的說著，聲音像條細小卻粗糙的線，幽幽的竄進他耳裡，刮擦著腦，「小蔣死後，我爸還跟幾個老組員寫了一些陳情文上去，沒想到上面原封不動退回來。這信一退，意思就很清楚了，要命要錢而已……。

「後來，我爸幾個老戰友沒多久就一個一個退掉了。

「所以我爸最後這幾年氣政府氣得要死，會中風大概就是這樣來的。那天那幾個戴眼鏡的，都是政府的人，只是表面上來送行而已，你知道，他們得來看看……。」丁哲修邊說邊拿手肘撞他。

「他們剛到時我媽整個人抓不住，罵他們像罵孫子一樣，連鞋都踢掉了，」像是什麼好笑的事情，丁哲修說著嘴角微微笑，「不過，也是那些人來了，我和我弟才知道我爸的身分。」

「這個……也是你媽告訴你的？」他問。腦子裡突然浮起母親的樣子，母親笑起來其實相當迷人。

「嗯，她……」丁哲修點頭，「她很好，對我們很好。」

「嗯。」他也點頭，腦子裡母親的樣子越來越鮮明，就越來越羨慕丁哲修。

兩個人沉默看球場遠處的山，初春天氣還濕涼，雲都不高。那山上有座沒蓋成的廟，佔地很大，但處處都是鋼筋水泥，看上去很虛，像人的骨頭露出來。之前他還練校隊時假日常和丁哲修晨跑到那上面去，坐在鋼筋管線外露的樓面上可以看很遠，台中市區都行。

「我知道村子裡是怎麼傳我爸的，」沉默了一陣，丁哲修緩緩的開口，「他其實不是那麼死板的人。」他轉頭看著丁哲修，丁哲修還望著那山，眼神大概掉進回憶裡，沒什麼焦距。

「那邊，」丁哲修指著頭汴坑山區裡，「那裡有個土雞城是他朋友開的，那時我們還很小，放假的時候偶爾他會載我們全家到那邊吃土雞。我爸他很會煮菜，每次我們去那裡都是他煮的，他動作快，一下子就生出滿滿一桌。吃飯的時候我爸跟他朋友都會喝酒，喝到半醉他們就會開始講黃色笑話，每次把我媽跟那人老婆逗得吱吱笑，那人老婆很肥，怕熱，穿衣服有一大半胸部露在外面，她的胸部比我的頭還大，笑的時候你會覺得世界都在搖……」

「我們那時候小，那種笑話其實聽不太懂，但看見大人笑，我們就也跟著笑，像白痴一樣。有一次，我爸發現我們跟著笑，把手上筷子分開拿，猛敲一下桌子，然後一隻指著我；一隻指著我弟，大聲說，『你們兩個猴崽子懂啥，也跟人笑個屌毛！』」

「我爸平常不那樣說話的，你知道，」丁哲修說開了，「我知道他不是在罵我們，他是在搞笑，但我還是被嚇得心裡一涼，笑容都僵掉了，趕緊抓了桌上汽水猛灌。」

他知道，他看過丁哲修他爸情緒激動的樣子。

「如果我爸現在還在，如果我們還去吃土雞……其實那人也死了，比我爸早，土雞城也早就收掉了……」丁哲修說到這裡緩下來，「訃聞寄來的時候我爸已經不太行了，我們沒敢讓我爸知道……」

「……」他聽得嘴巴開開，不知怎麼反應，腦海裡浮現竹林裡那個墳墓的畫面。他很想把那次在山上看到丁哲修他爸的事情說出來，但他不知道怎麼說，也不知道說了好不好，最後終於沒說。對於比丁哲修還多瞭解他爸爸這件事情，他感到一股愧疚的心虛。

丁哲修吐完心事，兩個人安靜了好一會，各懷心事默默看著冬末的黃昏景色發呆，就在天色紅得發紫的時候，輕輕拍著球的丁哲修突然開口。

「其實我來找你是想問你，敢不敢看死人？」

中國醫藥學院地下室真的很冷，電梯門一打開整個氣氛就不一樣了。

樓上大廳裡燈光明亮，人聲喧嘩，醫科的學生原來並不都是陰沉沉的，但很奇怪當了醫生之後就沒幾個會笑的。雖然外頭天氣還透著寒意，但大廳裡的人潮把氣溫渲染得溫暖，就像是有藥水味的溫室。只是，一下到地下室，整個空氣都變冷，不只冷還潮濕，呼吸時鼻子內壁都會感到刺痛。

沒有了大廳的嘈雜，什麼聲音都藏不起來，他連自己心跳都聽得到。

走道兩頭都是明亮的，但怎麼看都是模糊，他們一踏出電梯口，兩個穿制服的年輕人就上前來詢問。丁哲修低聲跟他們講了幾句，拿出一張證明給他們，他們看了便領丁哲修走向一個小房間，他跟在後面張望著，牆上幾個地方貼了經文，有些是佛教的有些是基督或天主教的，有些他看不懂。

進了小房間，他們讓丁哲修簽了兩份文件，給他們一人一面口罩，其中一個人自己也戴上了口罩，便領著他們往走道更深處走去。他們倆個互看一眼，也跟著把口罩戴上。三個人的腳步聲在空敞的走道上聽起來像在室內球場運球，他想告訴丁哲修，但轉頭看他一臉嚴肅，喉嚨便縮起來。

三個人走到了一面鋼門前，那人拿出一把鑰匙開門，他看了嘴巴不自主笑到歪，還好有戴口罩，那鎖跟前兩天他偷牽的摩托車大鎖一模一樣。

喀啦一聲開了門，那年輕人進門前雙手合十低聲念了一句什麼他沒聽清楚，但動作是確確實實看見了。

一進門，他跟丁哲修雖然都戴著口罩但仍忍不住咳起來，空氣裡的味道刺鼻得像幾根針同時扎進去，血一下子冒出來把鼻孔堵住的感覺，眼淚更是止不住，像真有那麼傷心。他們兩個越咳越厲害，那年輕人只站在旁邊等著，等他們倆個咳得比較和緩了，便又逕自往裡間走去。

咳嗽停了他才發現，這房間裡恐怖得令人發寒。房間很大，周圍牆壁上都是大型的鐵抽屜，那抽屜裡是什麼他不用想就知道。房間中間有幾個鐵桌，桌面四周較高中間一個平面稍低，看上去像極大的長方形盤子。就像獸醫在用的那種，只是比較大。其中一面牆上有一排架子，架子上有大大小小的玻璃罐子，每個罐子裡的東西都能讓他吐。其中一個玻璃罐裡竟然是一顆頭，因為圓弧鏡身的效果，那臉顯得浮腫肥大，緊緊閉著的眼睛像是隨時會張開來。

人的頭不在人的身上，怎麼看就怎麼怪，他們倆個把頭朝下不敢再看，跟著那年輕人往裡間走。

裡間更大；味道更刺鼻，但一開始的不適應已經沒有。空間簡單，四周全都是空白瓷磚，地面也是，正中間是一個超大的池子，池水有點黃，整個空間看來就像一個小型的游泳池，或說澡堂更適切。因為角度的關係，站在房間入口處看不到池子深處，等走到了三分之二處才看得見池子裡泡滿了屍體。

其實原本就知道來看死人，但真的看見一堆屍體他還是受不了蹲下來乾嘔，丁哲修則是多走兩步才跪下來顫抖，隨即哭得有聲。

丁哲修他爸爸就躺在裡面，那池子裡的水是保存屍體的福馬林液，只有死人能泡，活人泡了也會變死人。

那年輕人用一個鐵鉤子輕輕的翻動池裡那些屍體，那些屍體像塑膠一樣硬挺挺，但液體一波動那些屍體便跟著漂移，水影有魔幻效果，彷彿那些屍體就要動，爬出水池。他沒辦法看，頭斜斜的低下去，看到地面瓷磚上有一些深色的暗漬，他強迫腦子別再聯想。那年輕人緩慢熟練的翻動屍體，梭巡屍體腳上或手上的標牌，終於找到丁哲修的爸爸，他熟練的勾住屍體腰身，手一收就把他爸勾到上層來。但他爸的腳跟另一個女人屍體的手卡到，年輕人把他爸放開，用勾子去推女人屍體，那女人胸部被推擠也沒變形，整個人翻過身去。

年輕人說他在外間整理，結束時叫他一聲就行，便走出去了。

年輕人離開後丁哲修只是呆呆看著池子沒有動靜。

他壯起膽跟著丁哲修看池子裡的老人，全身赤裸身體乳白浮腫，頭上的灰髮被剃掉一部分，頭皮上有一道縫線，看上去像棒球，也像繩子繞過他的腦殼。兩眼閉著但微微露出細縫，隱約看得出裡頭黑與黃的眼球，嘴唇也因為腫脹而稍微張開，裡頭的牙齒全都是黃的。這個屍體幾種樣子他都看過，在鎮上西裝領帶走路有風的樣子、躺在樓梯間蒼白得像蟲的樣子，還有那天……現在，如果不是腳上有掛牌子當證明，打死他也認不出來。

看著屍體頭上那紋路，他想起竹林裡那條繩子，如果那時……

「爸～」丁哲修突然嘶喊一聲，把他嚇了好大一跳，他轉頭看，丁哲修已經跪在池邊，想要伸手入池，剛剛那年輕人才說那液體有毒，他趕緊上前拉住。

丁哲修望他一眼，隨即穩住，退兩步，擦一擦眼淚說要走了。

回程的公車上，他們都很安靜，心裡還在消化著剛剛的情緒，台中公園外面新開了一家麥當勞，晚餐時間人多，擠在大片玻璃窗後面像泡水裡，他有點餓，但一點胃口都沒有。公車拐彎，轉進自由路，引擎喘得快死，豪華戲院外牆上掛著幾張電影看板，《回到未來》第二集、《阿修羅》、《賭神》慢慢晃過去。

廣播裡轉播著剛開打的職業棒球比賽，味全龍出戰三商虎，剛打到第三局下，球數很緊張的樣子，背景轟吵得像海浪。公車廣播的喇叭音效很扁，主播大聲一點就會破音，聽起來像在哭。司機跟幾個瘋棒球的乘客聊得比廣播喇叭還大聲，好球的時候全車都跳起來歡呼，像車裡下了大雨。他們鎮上幾個鄰居也很熱衷這個職棒，說是台灣的國球，很像用這個就可以反攻大陸，但他興致缺缺，丁哲修看起來也是，乘客囂叫的時候他們兩個安靜得像死。

經過台汽總站時，他們看見許多年輕人背著大包小包，有的頭上綁白布條，有的拿白色海報，有的拿黑色的。年輕隊伍一路從裡面的售票亭排到外面來，有輛車要進站，大約是隊伍佔了車道，幾個穿藍色衣服的站務人員走上前去說了什麼，好像跟隊伍起了一點衝突，人突然聚集起來，秩序大亂。

「你看那些死囝仔，書不讀跟人抗議不知在抗議啥小！」坐他們後面一對老夫妻，老公對老婆說著，聲音沒有放低的意思。

「幹！」丁哲修輕罵一聲，突然站起來按下車鈴。

「做啥？」他一頭霧水跟著衝下車。

「去台北！」

「啊？」

丁哲修說現在台北正在抗議。

「抗議啥？」他問。

「抗議老賊！」

「老賊？啥是老賊？」

「去了你就知道了。」

「幹，沒頭沒腦要去台北，太閒哦！」

「去啦，反正明天放假！」

兩個人衝進台汽總站大廳，剛剛那一波年輕人已經搭上車離去，假日人多，隊伍還是連到大廳門口，排隊的人一落一落各有表情，循著看不見的順序連結，依次前進。售票員神情懶散但手快，買到票的人提起行李轉身就走，像引線頭爆開的火花，但隊伍人數不減反增，後面不斷有人湊上來，拉長這條線。

兩人跟著隊伍排了十幾分鐘，到窗口一問才發現不夠錢買票。

「馬的咧，台北那麼貴！」走回公車站時，丁哲修低口碎念。

「幹，多花的！」

重新買票上公車已經過半個多小時，這車安靜，沒聽廣播，乘客也沒幾個，兩人擠到最後一張兩人座，前面椅背上立可白寫著斗大「郭富城，誰說我不在乎！」，旁邊有一組電話號碼，號碼下面寫著「清純小可，安慰你寂寞的肉體」，小可字眼被圈起來，一條箭頭拉出去，指著「死破麻」三個字，那筆跡竟然很漂亮，比墓碑上的字還正。

經過一番折騰，剛剛解剖室裡晦澀死寂的氣氛稍微鬆解，這時丁哲修慢慢說開，他爸爸幾年前就跟他媽媽說，死後不要葬他，他要把身體奉獻出來。他們兄弟倆原本不同意，但他媽媽拿出他爸爸親筆簽名的捐贈書，才國中的兩兄弟也沒辦法再怎麼反駁。

大體捐贈會先泡福馬林，然後在保存室裡存放幾年，供醫學院教學、研究，最後還會辦一個喪禮。後來他們反而慶幸父親的身體被保存下來，讓他們想他的時候可以來看，像是晚幾年再死的感覺。

丁哲修說這次是他第三次來看他爸了，前兩次都是他們全家三個人一起來，這次丁哲修想要自己來，但實在害怕，所以才找他一起。

一路上丁哲修不停說著，他只是聽，沒怎麼回話，在解剖室裡驚嚇得體力有點虛脫，剛剛又鬧那一陣，現在車子平穩在跑，窗外冷風不停灌，像摸他臉，聽著聽著他就睡著了。

他羨慕丁哲修的爸爸。

突然旁邊丁哲修站起來，猛力搖他，他揮揮手說不要吵，但丁哲修還是用力搖著。他火起來轉身就要罵人，才發現搖他的人是陳忠，一臉肥得像豬一樣，嘴裡咬一隻炸雞腿，頭上頭髮都被剃光了，開了兩道粗大的縫線，縫合處還滴著血。死屍陳忠手上一條童軍繩，繩結打一圈，垂在半空晃蕩。陽光從黑色的樹葉縫隙射入，風吹過來，光束都成了白色繩子在搖晃，陳忠抓著繩圈，嘴裡念念有詞，突然伸手就往他脖子套過來，他嚇得揮手擋。

「咚！」一聲，他驚醒，丁哲修和車上幾個乘客都盯著他看。原來他做夢，手一揮撞上窗子，發出極大聲響。

「怎麼，看了死人做惡夢哦！」丁哲修揶揄他。

「幹，沒事找我去看死人。」他抱怨，伸肘撞丁哲修。

公車同時轉個彎，正要過錦南街，夜晚好像也彎進來了，漆黑的孔廟與燈火通明的體育場夾道對望，接上進化路轉精武路地下道，眼前是一片幽暗寧靜的太平鄉，台中市的燈火逐漸往後退去，退到一個極限便只剩下一點點光芒，但光芒不會消失，越來越小但不會消失。

章節 03

李珮紋

丁哲修聯考沒考好，只上了二中，丁媽媽有點失望，丁哲修自己更失望。放榜當天我一早就去買了報紙，拿了有榜單那張跑去他家，他媽媽剛開店，正在擦玻璃櫃，看見我來笑容有點僵硬，小聲的說丁哲修在樓上。

走上樓前我看著丁媽媽的頭頂，幾道白頭髮和領口裡的白肉都讓我覺得這世界真的快要變成我們的了。

打開門，丁哲修在哭，他說他對不起他爸。我沒說什麼，手上拿著報紙不知道要幹嘛，翻來翻去，在榜單背面的社論裡看到一張畫著阿拉伯人的漫畫，上面寫著中華民國又失去了一個邦交國，陷入外交危機。這新聞前一陣子吵很兇，報紙都放頭條，每個人都罵阿拉伯人冷血；不守承諾忘恩負義，我父親也很生氣，每次看新聞每次罵，還愛看。我就怪了，阿拉伯這國家不都是沙漠而已，我們幹嘛死纏著他們不放？不當朋友就不當朋友，是有多跩？

後來沒多久，新聞好像就不見了，沒什麼人繼續講這話題，國家沒破洞學校也沒放假，斷交好像也沒怎樣，原來新聞從頭條掉到榜單後面來了，大概只剩包油條的份。

那年夏天，國家失去了一個朋友我們不痛不癢，丁哲修失去了對他父親的承諾，卻哭得停不住。或許他的難過也很快會過去，也許進二中對他的未來一點影響也沒有，也許有，那時我不知道該如何安慰他，他太聰明，懂太多，我在他面前說出來的話自己都覺得笨，只好把報紙丟到垃圾桶，靜靜的退出他房間。

離開了丁哲修房間，時間像對折再對折的報紙，我從樓上跨幾步下樓，已經從這頁穿過那頁，一年過去了。我免試進入了殯儀館附近的職校，說是免試，其實就是爛，只要交畢業證書就能進去了。

填志願那天父親還穿得很正式跟我去，知道海報上的學校我都進不去後臉色很難看。走出報到的禮堂，外面有許多學校派來的老師和學生在招生，只要交國中畢業證書就能進去念，有的學校還送紅包。我選了一個看起來順眼的女生，交了畢業證書簽了名，正式變成一個高職學生。

開學第一天，我就看到李珮紋了。

事實上，我先看到的是李珮紋的內褲。

開學那天我請高中仔載我上學，他已經畢業了，再載我也沒幾次，他老爸安排他到台北唸大學，正在等通知，這幾個月來他玩得更兇，機車都摔壞了兩台。開學前一個禮拜他要我偷一台機車跟他走，我們一路騎到望高寮，這是我第一次機車騎到離家這麼遠。偷來的DIO 50看起來新，但爬坡力真弱得像豬，油門轉到底還追不到高中仔的煙。上了望高寮我才發現，這世界真是大，眼前台中市夜景像珠寶店裡擺在黑色絨布上的寶石，亮得嚇死人，可惜半空都是霧，看不了很遠。

幾十台機車開會一樣聚集在土坵上，有人帶來半人高的手提音響，一個穿白色背心的肌肉男把音響舉在肩膀上，喇叭大概轉到破表，七匹狼的永遠不回頭震到天上去，連香腸攤的煙都抖。香腸阿伯烤香腸的手沒停，還得空一隻手甩骰子，骰子撞上瓷碗，十八啦的聲音在昏黃的攤燈下響不停，山上的風吹起來冷硬，身體虛一點大概會內傷。

高中仔說等一下車隊就會一路飆下山，接著很快，大約到遊園路就會有警車跟上來，叫我自己罩子要放亮點。

「賊頭在檔路，啊是在飆怎樣？」背景都是瘋狂的聲音，我吼著問。

「幹，飆爽的啊，飆怎樣！」高中仔看著香腸攤子回答，「我給你講，我不是來飆車的啦，你看看……」

我順著他眼神看去，一個穿黑色背心牛仔熱褲半筒皮靴的女生站在攤子旁邊，眼神四處撩，像是找人一看就知道欠操。高中仔從機車後箱裡拿出幾瓶啤酒，塞兩瓶要我自己處理便眼神迷濛的往那女的那裡走去，不到五分鐘那女的就拿著啤酒笑得胸口抖不停。

那天，車隊都走光了我還在上面看夜景，兩瓶啤酒都配香腸喝光了。香腸攤阿伯看我大概不會再買了，也慢慢在收拾。遠處傳來警笛的聲音，聽起來像鬼在叫，我看著夜景想找出我們家在哪裡，但距離太遠連個屁都看不見，整個台中市區籠罩在一片煙霧底下，越晚霧越重，夜景便像進水的手錶，怎麼看都不知道幾點了。

離開時在草原邊看見高中仔的車，原來他真的沒飆下山。遠處有個看似碉堡的建物，我好奇走近去看，碉堡旁邊竟然有一個地道，地道入口處高中仔白紙一樣的背在月光下發著粉光，輕柔游移像一條浮出水面的魚，魚頭部位隱約傳來呻吟的聲音，我聽了想笑，朝地道裡大喊一聲「幹！」隨即跑開，肯定把高中仔嚇得屌軟。回程時摩托車騎到沒油了，我把車丟在第一廣場旁邊的市場裡，搭最後一班仁友客運回家。

開學那天早上高中仔到我家接我時已經晚了，一路狂飆還在一中街裡甩了一輛早班警車，衝到崇德路跟三民路口，我說剛開學不要太暢秋，到這裡就好，高中仔便停車把我放下來，我自己走去學校。走到學校入口，發現一個熟悉的身影，仔細一認，是新生訓練時看過的女生，那女生旁邊跟著一個背影看上去很正。

兩個女生肩併肩走，正從學校外面那路口轉進去，大家似乎都是結伴來唸書的，只有我自己一個人走。我很好奇，為什麼才開學第一天某些人就能像幾年的朋友一樣湊在一起，尤其是女生，什麼時候進學校都是一群一群的，像雞一樣，很難看到落單的女生。

校門口那條巷子不知是什麼方位，風不小，我脖子上那條嶄新的紅色領帶被吹得翻飛，像有人在扯著。放眼看去，整條大道上的學生都像吊死鬼。剛開學，新進的女學生都不知道狀況，裙子開花露出各式內褲，比地雷還炸，惹得女生尖叫男生怪叫，一路熱鬧得很。

走在那漂亮背影身後，只見她跟那朋友緊張的一直壓裙襬，被風掀開的腿，又直又白，白得透亮，比肥皂還白。一陣強風捲著尖叫從我身後追來，掃過我的後腦勺趴一下就把裙子緊貼在她屁股上，她兩手才往前想要壓住裙襬，沒想到後面就開了花，露出一片粉藍內褲。內褲緊緊把屁股切開，包不住的地方都是白肉，襯得內褲會亮，圓滾滾的臀線像一團火燒得我喉嚨乾渴，口水都嚥不下。屁股一露光那女生馬上反應轉身過來壓裙子，隨著動作飛旋的頭髮流線滑動像黑色翅膀，她就是我的黑天使。

她叫李珮紋。

進了學校我就開始追求她，到處打聽她的一切，想辦法進入她的生活。

這所學校裡的人像是篩選過的，全都是呆子，一群被關在圍牆裡的呆子，讀書也不會讀，玩也不會玩，每個人都有秘密，每個秘密都守不住，請一罐飲料就稱兄道弟的，什麼事都可以倒出來。

李珮紋家裡有錢，爸爸在台中市經營兩家旅行社，兩個哥哥一個醫學院快畢業一個剛考上財經研究所，早已經先把前途預備起來。

他們家就李珮紋唸書沒那麼神，但她能彈鋼琴、跳芭蕾、打網球、游泳游得像魚、陶藝、油畫、英文很會講連法文都還學得不錯，能嫁給有錢人的才藝她差不多都會，每天只要快快樂樂上學就行。

而我家還是窮，父親送信賺的錢都被陳忠家像吸血一樣吸光光，我與父親常常吵架，吵架內容有些是關於我唸書沒唸好，但最多是關於陳忠。陳忠他老爸得寸進尺，知道父親好商量，三天兩頭就把陳忠送進醫院，然後打電話叫父親去醫院付錢。只要我打電話去他家罵，隔天他老爸馬上叫幾輛計程車開到我家門口，幾個嚼檳榔嚼得牙齒崩黑的司機一下車就大吼大叫，要我殺人償命，把巷子裡鄰居都喊醒。每次父親都把腰彎得要對折，向他們求情。父親頭髮已經灰，一頭灰髮往地面栽的樣子像一棵樹要倒，看得我有氣。一次火起來伸腳就踹破一輛計程車頭燈，幾個司機愣了一下，隨即張開血口開始幹起我娘，我也一個一個指著幹回去。劉德華在省港旗兵裡就是這樣單槍匹馬衝出血路，對付惡人就是要比他們更狠。但父親卻攔我，要我別管，又把頭磕得更用力，我看著眼前這棵站都站不直的樹，我覺得他是在幫他們。

好，那就別管！

從此我只管我自己。陳忠躺在病床上爽，我插手都叫做礙事，我索性就讓父親去搞，看他能怎麼解決。

後來那顆燈殼又讓父親賠了三千多。

高一上學期還沒完，我就有了一輛摩托車，算是我自己買的，但買車的錢是偷別人摩托車賺來的。一次在牛肉場裡看脫衣舞，高中仔又向幾個老人勒索，我看著他把從老人那裡搶來的錢塞進口袋裡，問他還有什麼賺錢的方法。

他介紹了一家機車行給我，專收贓車，他聽我說偷車的事聽多了，知道我能偷，便要我去偷，不論CC數，一年新的一台都能賣到四、五千，中古的起碼也有一千多，鑰匙片一轉就有錢，挺好賺。高中仔不缺錢，我偷車賣的錢不用分他，他只是愛玩，有時也跟我一起去，看我怎麼偷。我從國小開始偷，早就習慣了，沒有車偷不動，有防盜器的也能二十秒處理掉，牽到機車行裡間，不用半個小時機車就分屍，再也不是原來那台。後來有時間我都會待在車行，看著那個小黑師父處理贓車，只見他三兩下龍頭、引擎、電路板、電池、輪胎就全都卸下來，零件一個一個排列得整整齊齊，像小孩子排路隊似的，看他拆車真是一種享受。

小黑師父都說他自己是機車界的外科醫生，只要給他一隻扳手跟一隻長起子，他就可以把車子像死人一樣解剖，心肝脾肺腎通通割起來賣。他開鎖技術也是一流，透過他的傳授，我偷車就偷得更高明。那時候流行的電流式防盜器，他媽連唉的機會都沒有。

我摩托車是向高中仔買的，YAMAHA的ＤＴ，他騎不到二個月，油箱烤漆還新得會閃，擋泥板的方季惟臉上連斑都沒有。125CC二行程的14匹馬力簡直天下無敵，遠遠騎過來噹噹噹的一聽就知道身分。車尾夠高，單槍懸吊系統可以搞到像地震，馬子坐在後座想逃都逃不掉，全都乖乖的向你屁股滑過來，尤其前叉避震，煞車時那種逼近翻船的臨界點，膽子小一點的女生想不摟著你都不行。唯一缺點就是耗油很兇，那陣子不知道為什麼油價又特別會漲。

市面上新的ＤＴ起碼要五萬，高中仔那時快上台北了，說我出多少他都賣，最後我出了一萬五。上台北前一個禮拜他就騎來給我，另外還跟一個人，那人騎一台光陽豪邁，這車款新，路上還很少見，看起來挺好賣的樣子。

那時我錢還沒齊，手上只有一萬二，他突然來，我有點尷尬。

「沒要緊啦，剩的後擺再拿！」他錢拿了，轉身就跳上豪邁，那人油門一摧，後輪咬地半圈車子就噴出去了。消音器還沒拔掉，安靜得像羊。

後來，高中仔沒再跟我拿那三千。

那陣子《追夢人》錄影帶剛出，劉德華騎那台SUZUKI-RG500，載著穿結婚禮服的吳倩蓮飛奔過高架道路的畫面太夢幻，不管男生女生都夢想自己是機車上的人，一下子滿街都是打檔車。我常騎ＤＴ在學校周圍繞，很快消息就傳開。學校禁止學生騎機車，私底下大家都在騎，但騎ＤＴ的全校只有我。李珮紋是個愛玩的女生，愛玩不是問題，追女生就怕遇上不愛玩的，像追夢人裡面JOJO那種乖乖的女生，會去愛到混黑社會的華弟就不太可能，所以，電影就是電影。倒是李珮紋大概也看過電影，每次我騎車堵她，她都半推半就也不怎麼拒絕，看起來有被我騎車的帥氣電到的樣子，最後終於答應元旦假期最後一天跟我出去。

要出去玩前兩天晚上，我在門口洗摩托車，父親在客廳看新聞，他真的很愛看新聞，不知道發生在那麼遠的事情跟我們有什麼關係，如果一點都沒關係，那有什麼好看的？我真的不懂。

電視音量原本很小聲，後來不知道為什麼突然轉大聲，我在門口都聽得見。新聞裡都是歡呼的聲音，女主播在吵鬧聲中平穩說著：「資深中央民意代表至此全部自願退職，第二屆立法委員將訂於民國81年12月19日由人民直選，監察委員改由總統提名任命，這是寶島台灣民主政治的一大進步……。」這幾句講完，音量便又被轉小，到聽不見。

「咳嗯……阿國，」原來父親走到窗邊來了，背著屋裡的光，看起來臉緊緊的，心情不太爽的樣子，「你說這車子是誰送你的？」

「他叫什麼名字啊？」

「就上次來過那個高中生啊！」我轉緊水龍頭，拿出擦車布來。

「我不知道。」我低頭擦車。

父親停了好一下，才又說，「你沒有駕照，盡量不要騎車子出去……」

「沒關係啦！」我低頭擦著車輪軸，水冷得要死，我手指都麻掉了。「我自己會小心啦。」

「哪是……」父親繼續說。

「沒有哪是啦，我就說我會小心了，你去管好那個躺未死的就好了啦！」我大聲打斷父親。

冬夜的風一陣陣掃來，我鼻子被凍得僵冷，抽一抽鼻涕，鼻子有點酸。再抬頭，父親已經不在窗邊，我走上前看著窗玻璃，上面有我的倒影，我有時候真恨自己講出去的話，但我更恨父親的軟弱。

擦完車，洗了澡，我躺在床上幾乎睡不著，手不停在空中畫著李珮紋三個字，字裡面會有她的身影，她飛起來的頭髮底下是她粉藍色的屁股，在我的腦裡發光。

隔天一早下了點小雨，要出門時我特地多帶了一件雨衣，沒想到中午過後出了太陽，是那年冬天最熱的一天。

李珮紋家住在三民路上，就在來來百貨附近，是高級住宅區。第一次約會她大概不想讓我知道她家住哪，所以約好了我到台中商專對面等她。那時三民路不知道在蓋什麼，一路都是灰塵，從台中商專這邊看過去，北屯那個方向整個都是霧濛濛的，幾塊大帆布從天而降，把半條街的建築都蓋住，像蓋死人頭一樣。

我在台中商專等了好一下，幾個專科生從裡面走出來都看我，我想他們是在看我的車，我叼一根煙坐在車上，有點劉德華的爽快。旁邊玫瑰唱片行播著林憶蓮的愛上一個不回家的人，最近很常聽到這首歌，何必再去苦苦強求，苦苦追問，都聽膩了。

就在我要掏第二根煙時，遠遠的就看見李珮紋從人行道上走過來。

她穿一條深綠色長裙搭一件黑色飛行外套，在學校輕舞飛揚的頭髮現在綁成兩條小辮子，一頂小小的紅色像畫家那種帽子戴在頭上。她看見我就笑，會笑就行了，不懂笑的女人再美都是冰。她很快穿過馬路往我這邊跑過來，我趕緊把煙丟掉。

如果要我形容我當時的感受，那是一種輕，輕得像會飛，但你還在地上，那你就非常靈活，整個體內充滿可以飛行的能量，但你不能真的飛，你會帶著飽足的能量做每件事，每件事都簡單而有希望。

李珮紋穿著長裙，我穿著牛仔褲，騎著越野打檔車真的很有劉德華電影的感覺，就像是我們準備要私奔了。

她拉著裙襬翻上車，背後飄來一陣涼涼的香風，「坐穩囉。」我腳下喀噹一聲，打上一檔，車子滑出馬路。油門一摧，引擎室便傳來一陣急響，來來百貨前面正好綠燈，我換打二檔，一路呼嘯下去，比我的心還激動。

「讓青春吹動了妳的長髮，讓它牽引你的夢，不知不覺這城市的歷史已記取了妳的笑容……」等我發現的時候，不知道自己已經唱多久了，我不自覺的就唱起追夢人的主題曲，還模仿羅大佑那個口齒不清的版本。冬天的風用摩托車去追其實很冷，但我感覺臉皮底下的血熱得發燙，李珮紋靜靜坐在後座沒有聲音，手也不敢搭上我的腰，我盡量不搞怪穩穩的騎，體貼她的矜持。

很快就到了第一廣場，廣場外面車很多，人也很多，綠川西街的公車一來，又放出來一堆人，元旦連假把人都從家裡趕到這裡來了。我們約好了要去看電影，我把車騎到旁邊青草巷裡的暗處藏好，上了兩道鎖，會偷車的人對鎖特別小心，我知道這鎖只是告訴想偷的人，這車不好偷，沒有百分之百的道理。

我們從第一廣場的穿堂走到廣場正面去，廣場正中央有一個手扶梯，上面架著一個玻璃金字塔，那是去年才剛建好的，像顆大冰塊浮在地下手扶梯入口，造型真的還蠻酷的，大概是外星人蓋的吧。金字塔旁邊都是人，不是要進出手扶梯的人，就是在等人的人，很多一對一對的像我們一樣，來這邊不是準備要唱KTV、電影，就是要去溜冰的。

我們在電影看板前面選了很久，廣場風很大，把她的裙襬吹動貼著她的腿，她兩隻腳併攏站著，一動也不動的看著頭上的看板，只有紅色帽子底下的小辮子被風吹得輕輕搖晃，有一種很純潔的感覺。我很想看成龍演的雙龍會，但我不敢打擾她，最後她選了一部片名很怪的電影，叫做暗戀桃花源。

選好了影片，買票時才發現時間剛過了，下一場還有一個多小時，火車站附近李珮紋不熟，我提議先到四樓去等，順便逛逛。到了四樓娛樂世界，果然如預期的，人擠得要爆炸，電動玩具的聲音都在半空中對打。吞食天地那四台一直被幾個阿兵哥佔著，死了就投錢，他媽的錢多。快打旋風二代那幾台圍了一大群人，每台都兩個人打得滿頭汗，只有一台前面坐一個像國中生的人，圍觀的人幾乎都在他後面，沒有人跟他對打。他用大相撲在破四大天王，剛把拳王打倒，爪子王登場。我看圍觀人的臉色就知道，都是跟他打輸了，不甘願的站在後面看，想看他破關，又想看他輸，人就是賤。

我看李珮紋也看得很有興趣，問她要不要看我修理那個國中生，她微笑甜甜沒有表示拒絕。幹，她真是可愛得要命。我把人群撞開，投錢下去，先選了春麗跟他試試。春麗真的超正，給那雙腿夾到大概會上天堂。但我的春麗輸了，沒關係，春麗對打總是輸，輸了她就會哭，很像被怎樣了。她爸爸死了，她想報殺父之仇，一個女生來打這些男生，但她太弱了，常常輸，就常常哭！我回頭望一眼李佩紋，她瞪大眼看著我笑，裝得很意外我輸的樣子，她真好。我再投錢，這次選了美國大兵凱爾，快打二代我玩到不要玩了，用八隻主角都能破關，但凱爾是我的王牌，有非贏不可的對手都用他。沒想到國中生看我選也跟著我選，我斜眼盯他，他低著頭看我的把手，一臉豖種樣。

比賽開始，兩隻一模一樣的凱爾在螢幕裡扭腿走來走去，只衣服褲子顏色不同，看起來像雙胞胎，但就算是雙胞胎也要分出勝負，不是你死就是我活。

「阿力古！」螢幕裡發出音效，我的凱爾兩手一揮，馬上一道螢光色的圓形光圈就往對手旋去，那國中生反應還挺快馬上也射一發抵消，我正要射第二發他竟出一招輕腿，我的凱爾被踢到動作一停，他的凱爾馬上連續發氣刀。我只能防守動彈不得，但血還是不停減少。我有點火大他出大爛招，趁空翻一記腳刀閃過他的氣刀，旁邊馬上有讚嘆聲音出來，我正爽，媽的他竟也出腳刀，我的凱爾還沒落地就被掃飛。我想一定完蛋，果然沒錯，那小子走過來用連續技，我的凱爾連站都站不穩，第一盤就這樣輸了。

竟然連凱爾出場也打輸我有點不敢相信。我的凱爾倒地，國中生的凱爾獲勝舉手的瞬間，我還覺得是不是顏色看錯了，其實是我贏了，他死了。

但不是，我突然覺得死掉那隻凱爾好可憐，他是被自己打死的。

「哇，你又輸了耶，弟弟好厲害哦！」還好李珮紋用開玩笑的口吻把我叫回來，但她的話我聽起來超悶，他媽的要不是李珮紋在我就馬上揍那國中生一頓。

「我故意讓他的啦，」我對她笑笑說，「妳沒看他那麼瘦弱，要是輸了回家哭怎麼辦！」我知道自己的表情一定很彆，旁邊還有一些冷笑。

幹，是又關你們什麼事。

第二盤，我在對打時故意手肘撞國中生的右手，他按鈕一下子滑掉，被我打了一記。我抓緊機會衝上前要學他用連續技，但他按鈕的手還真快，馬上閃掉攻擊。就在我準備要轉換動作的時候，我的凱爾突然頭腳翻轉，被抓了一記擒拿。

看著螢幕，我都覺得自己天旋地轉了。

我又陸續投了幾十塊，國中生嚇得坐離我半步遠，身體都扭得像中風了，幹，卻還能把我打得一面倒。看著我的凱爾一直倒下，他那隻凱爾卻怎樣都不死，我整個手心裡都是汗，很想一把把國中生的頭塞進螢幕裡。

在一局結束的黑幕裡，我看見李珮紋站在我身後的倒影，我突然警醒今天是陪她來看電影的，我才捨不得的離開座位，離開前還拐了那國中生椅腳一下。

我的一股氣沒有辦法發洩，手裡拳頭握得緊緊的。有那麼一瞬間我很想跟李珮紋說不要看電影了，讓我把電動打完，我一定要把那小子幹掉。但我沒說，我站在手扶梯下方看著她的背影，兩條小辮子隨著她左看右看甩動，她的臉也在我眼前忽隱忽現，她的膚色不是很白，雖然不黑，但不是很白的那種女生，她的鼻子小小圓圓的，在她轉頭露出側臉的時候會出現，我看著那鼻頭，心裡突然就軟下來，我喜歡那鼻頭，我喜歡她的膚色、我喜歡她甩來甩去的小辮子，我喜歡她裝可愛壓得扁扁的聲音，我喜歡她。

但我不喜歡那天的電影。什麼鬼！什麼場景都沒有，就一堆人在台上跑來跑去，背景還可以移來移去，古代跟現代全部混在一起，一點劇情都沒有，好笑的不好笑，悲傷的不悲傷，還有，那劉子驥到底是誰？為什麼那女人要找他？

但李珮紋卻很投入，最後林青霞跟那老人在醫院見面的時候，她還低頭擦眼淚，可惜我沒帶面紙，幹。

看完電影我又帶她到五樓去逛精品店，她買了一件裙子快兩千，掏錢出來都不手軟。為了場面，我也買一件從來沒買過的BOYLONDON黑色T恤，上面掛條鐵鍊印個十字架就要賣一件799，幹。

下了樓剛走出大門口，李珮紋就說想上廁所，要我等她。

等她的時候我站在玻璃金字塔前面看著電影看板，突然一個聲音飛到耳朵旁邊來：「妹妹陪你看片哦！」我嚇一跳回頭，一個猥瑣的中年人堆著一臉笑站在我旁邊，手上還捏著一疊小廣告紙，我頓一頓瞥一眼廣告紙上捧著奶子的女人，隨即抬頭。

「不要啦，幹，是沒看到我帶七仔哦！」我大聲罵，他低著頭快步走開。

問。

中年男人走後，李珮紋剛好從第一廣場裡面走出來，應該沒看到的樣子，主動就來牽住我的手問。

「好不好看？」

「還不錯啊，」我虛虛的回答，「妳覺得好看嗎？」

「我覺得真好看，金士傑演得太好了，雲之凡到病房看江濱柳那一段，我一直哭，好難過哦，賴聲川真是一個鬼才呀。」她眼睛哭得有點腫，但講得很興奮，她講的人我一個都不認識，電影裡我只認識顧寶明跟林青霞。

「妳肚子餓嗎？」關於這部電影，不是她不正常就是真的有我看不懂的地方，為了安全起見，我馬上轉移話題。

「幾點了？」她問。

「快五點了。」我說。

「我得回家了，」她嘟起嘴巴的樣子真可愛，「今晚我哥從台北回來，我要回家跟他一起吃晚餐。」

我心裡不太爽，跟我約會妳還跟妳哥約什麼約？但我當然沒說出口。

我載她到來來百貨後，她說她自己走就可以了，放她下車後，我拉著她辮子不讓她走，要她親我她不肯，拗半天拗不動，就放她回去。看她走一段距離後我在後面偷偷跟，原來她家住在中華路上，就在太平國小側門對面一棟透天別墅裡。我的學校也叫太平國小，但不是同一個學校。這個太平國小有世界級的少棒隊，我念的太平國小發生最大的事件就是我差點掐死陳忠。記得小學畢業那年，我還在電視上看到太平國小棒球隊拿到威廉波特少棒比賽世界冠軍，那時我還奇怪，不知道學校棒球隊這樣強，後來才知道只是同名學校。

那時的投手叫做劉正龍。我永遠記得當時主播的聲音在他低頭用腳踢著投手坵黃土的畫面裡說著，才國小六年級就長到一百六十幾公分，以後的前途一定不可限量。

但後來我就沒再聽過這號人物，也許是我不再看棒球了。媽的，才國小就在講什麼前途不可限量，根本鬼話一堆。

離開太平路之後我繞到二中去看丁哲修練球，他們校隊最近跟烏日的明道中學有比賽，明道中學是籃球爛校，教練要他們至少贏二十分以上，否則全體處罰，他們現在連假日都到學校練球。

上了高中後丁哲修突然抽長，長到一百八十二，比我高半個頭，也變得比較不愛玩，現在找他去打撞球他都不去了。

走到球場他們正好練習結束，幾個隊友在打半場。丁哲修看見我來，揮手打了一下招呼，繼續打球。

我找了一個位置坐下來看球，傍晚的陽光像稀釋的血液，場上穿著球衣冒著汗的人身上全都發著橘光，丁哲修拿球，盯著眼前守他的人，眼神一飄，身體就跟著動，他身體一動，對手彈射得比他快，但他就是要那快，等他收身往反方向啟步，那人已經失去重心。

「水哦水哦！」在一陣讚賞聲中，丁哲修跨兩步就要飛起來，被晃過的那個對手突然伸手撈。

「犯規！」丁哲修落地，動作暫停，比賽被犯規的人停掉，丁哲修把球隨手往籃板丟，進了，但不算。一個人拿球回到三分線繼續發球，剛剛丁哲修的過人對比賽沒有幫助，以比賽來說剛剛那一刻全都不存在，因為有人犯規了。

我看著紅色的光芒下，每個人汗流得像下雨，每場六球要很努力的跑跳投才會贏，但只要有人一直犯規，球賽就會很難玩。

而這個世界上就是有人會一直犯規。

我突然覺得籃球沒那麼好玩了。

打完一場，丁哲修揮手要我上場替他，我指一指腳上的平底鞋，搖搖頭。

等他們終於結束，太陽已經完全落到學校的圍牆後頭去了。

「怎麼有空來？」丁哲修拿著水壺灌了一大口水坐到我旁邊，一股熱氣襲過來，但隨即被空氣降溫。

「剛剛跟馬子去看電影，看完順便過來。」我講完話，丁哲修馬上四處張望。

「咦，沒帶來啊？」

「沒，她說要回家吃飯。」

「唷，是好女孩來著，」他笑著用手肘撞我，「怎麼會被你把到？」

「開玩笑，隨便啦！」

「幹！」他笑著。

「改天帶出來看看吧。」

「好啊，你也帶你那個。」我說。

「她哦……」他頓一頓，拿起外套披上，「是可以啦，不過要等她期末考結束。」他女朋友是曉明女中的，成績好得不得了，但眼睛長在頭頂上。

放寒假的第一天，我們兩對約會。因為丁哲修他們不能騎機車，所以我配合他們搭公車。我們到第一廣場B棟7樓的瘋馬MTV看片子，這地方我第一次來，不知道還有這種東西，還真屌，包廂裡應該可以做很多事情。看完電影已經快一點，因為丁哲修想要買籃球鞋，我們又陪他走路到台中路上的松寶運動用品社去，當好學生真他媽的累。騎機車只要一分鐘的路程，走路走了十幾分鐘。

看完鞋子已經兩點多了，肚子餓得要死，丁哲修他女朋友說有間生意很差的麥當勞，人很少很安靜，離松寶也很近，我們就去，果然不遠。在麥當勞丁哲修他們三個人很聊得來，都是功課好的學生，尤其講話之中還穿插英文，我根本就聽不懂。知道丁哲修英文好，李珮紋一直不停問他問題，搞到最後他女朋友臉色有點難看。我不知道自己要不要吃醋，但我確實不太在意，我相信丁哲修，也相信李珮紋，雖然我不太相信自己。

吃完午飯，都快四點了。我們跑到金萬年去溜冰，應該是天氣冷的關係，溜冰場人不多。暗紅暗綠暗藍的霓虹燈在溜冰場上空盤旋，像幾百隻機槍掃射過來，背景裡還是那首百年不換的英文舞曲，大概已經放過幾百次，磁頭都磨爛了，聲音模糊得像鬼叫，根本就聽不懂在唱什麼，只是副歌的地方大家都知道，都會跟著學泰山叫。

歐喔歐喔歐喔歐喔～哦歐喔！

說人不多也幾十人有，我們一開始慢慢溜，我不太會溜，李珮紋則溜得像魚到水裡似的，又快又好看。她緊緊拉著我的手，一下快一下慢，天氣冷，兩個人手都乾乾的，但感覺得到她手心的溫度因為運動而越來越暖。看她拉著我的背影，耳下的細細毛髮飄著，在幽暗的空間裡還能閃著淡淡的光，我好想吻她。

我拉起她的手，吻她的手背，她回頭對我笑，嘴裡冒出淡淡的白煙，眼珠只露出一半看我，那一眼我知道我一定一輩子忘不了。

後來人群開始聚集，一個一個接龍，在場子裡的人幾乎都成了那龍的一部分，然後人龍跟著舞曲的節奏開始擺動，最後繞起大圈子，女生的尖叫聲此起彼落，在黑暗中很開心的氣氛。

溜冰沒溜多久，我們幾個都累了，退掉溜冰鞋跑到綠川東街上的漫畫王去休息，順便看漫畫。

當然分兩個包廂。丁哲修他們在包廂裡做什麼我不知道，我跟李珮紋一開始也安安靜靜看漫畫，我看完熱門少年TOP的灌籃高手跟最新一集風雲之後就覺得無聊。隨手亂翻，又看到電影少女，那裡整個硬起來，開始對李珮紋發動攻勢，她一開始還推開我專心看雜誌，後來身體慢慢軟下來，躺在我大腿上讓我低頭吻她。李珮紋的嘴唇真軟，因為天氣冷，她嘴唇上擦著厚厚的護唇膏，親起來油油黏黏的，但聞起來很香甜，比口紅好聞多了。我之前已經吻過不少女生，所以一開始我就把舌頭伸進她的嘴裡，我抱著她的手可以感覺到她身體輕微的抖一下，但只是抖一下，然後她便學我把嘴把張開，把舌頭伸進我嘴裡。

幹，那種感覺超爽的。

我們一直抱著接吻，抱很緊，像是要把對方塞進自己的身體裡那樣緊，李佩紋一直抱我的頭，手指抓進我的頭髮裡，被這樣抱著真的很爽。我們吻了很久，直到我的手揉上她的胸部，她才把我推開，起碼吻了好幾分鐘。

「我……我們先不要。」她細細的說。

開玩笑，不想要還讓我親到這樣！

我把我的衣服掀開，讓她看我的褲子，她看到我打摺褲的褲襠硬邦邦的，噗嗤一聲笑出來，還笑到不停。

幹。我只好陪她笑，越笑那裡越硬，堵著褲子都快折斷。

我笑著要脫褲子，她臉色就緊張起來，叫我不要這樣，她會怕。

幹！

最後我跑去廁所打掉，回來她還問我怎麼去那麼久。

離開漫畫王，天已經全黑了，像是時間被偷了一樣，進去時還光天白日，出來的時候竟然天就黑了，消失的時間不知道哪去了。

我突然想起小時候跟父親到醫院看陳忠，離開醫院時的感覺。那種令我非常討厭，沒有好好把握時間的悔恨感又出來了，但我到底沒把握了什麼，我自己也不知道。天氣冷冷的，我後背卻冒了一絲絲的汗。

當天晚上，我們又走路去找吃的，這次走更遠，從民權路走到四維街，像白癡一樣。因為是寒假第一天的關係，人多到爆，最後在陽羨排到位置，但位置擠得像不願意讓我們坐。一坐下，李珮紋又要開始問英文的問題，丁哲修這次有警覺了，轉移話題問起我關於摩托車的問題。我開始講，把摩托車品牌，引擎裝置、煞車原理甚至連怎麼撬鎖都講了，他們像聽見外太空的語言，完全搭不上話。這樣聊天很乾，所以話題又繞回學校裡去，我又只能聽。

聊著聊著就快九點了，丁哲修他馬子說得回去了，我們結了帳又從四維街走到豐原客運，在那裡等了十幾分鐘，他馬子的車來了。

丁哲修他馬子的公車剛走，李珮紋也說她要走了，我們又陪她走到綠川那邊等車，才剛走到就看到她的公車正在啟動，我們追上去拍打車門，車子停下來，門一開司機一臉屎樣，我瞪了他一眼，他轉頭看向前面。媽的，明明看到我們在跑，還不停。

送走李珮紋後，我去台汽旁邊把摩托車牽出來，載丁哲修回家，他在後座很大聲告訴我說李珮紋很漂亮。

「幹，那還用說，看誰選的！」我笑著大喊。

「但是她看起來視力不太好！」丁哲修又喊。

「怎樣不好？」

「選到你啊！」

「幹！」我機車龍頭故意往路邊房子撇去，嚇得他大叫！

那次一起出去玩的回憶一直很鮮明深刻，在我生命裡就像一大堆拍爛的照片裡某一張焦距特別清楚的，當思緒飄回去看著那張照片時，感覺特別舒服。

那次之後，我跟李珮紋算是定了，寒假又一起出去了幾次，感情慢慢升溫，但她一直不讓我上，有夠堅持。下學期開學後有一次我帶她到公園麥當勞樓上的AMIGO去看片，去那裡看片的人其實目的都很明顯，在公園旁邊談好價錢，想上賓館的上賓館，不想上賓館的就花三百塊到MTV裡去，有私人包廂有冷氣又有飲料喝到飽，誰管電影演什麼。

那次去李珮紋大概感覺到意思，選什麼片都說隨便，我選了一部兩個半小時片子，影片叫什麼名字我早就忘了，但實在有夠難看，在包廂裡面不做點什麼真的會發瘋。

一進包廂我們就開始摸，沒多久門突然響起來我們又彈開，服務生進來擺飲料的時候表情很怪，但我才沒在管，他門一關，我把鞋子堵進門縫又回頭親李珮紋，又親又摸好久，她內衣都被我捏歪了，領口底下露出一大片白亮的胸脯，在冷氣房裡摸起來軟軟涼涼的，我褲子都快要撐破。我看她喘到會唉，眼睛閉得死緊，身體卻有點僵硬起來，就摸到她背後要解開她的吊橋，結果她又伸手推我，又說要我等她。

到底是要我等她什麼，我一直不知道。

其實那時候我早就不是處男，高中仔還在台中的時候我們就去玩過幾次。外地人只知道台中的福音街，其實福音街上的雞都是爛貨，大約只比台中公園裡站壁的強，高中仔說去那裡破處會被人家笑。

比較高級一點的大多在公園路過去五權大雅那一帶的暢飲店樓上，妹妹漂亮身材好又年輕，但也他媽的有夠貴。另外在錦南街雙十路一帶裡面有一些工作室自己在接的，條件也都不錯，有的還是大學生，收得比較便宜，我跟高中仔看完脫衣舞都是到哪裡去消火。

但我還是想要上李珮紋，我不知道是因為我愛她，還是因為她遲遲不給我。

她一直叫我等她，也不知道要等什麼！難道真的要等十八歲？十八歲就會比現在爽嗎？她現在就美得像什麼一樣，再等兩年，我真的會死！

但她不知道！她說她也不知道！

媽的！

雖然我和李珮紋除了做愛以外什麼都做了，可是我一直覺得我們之間有某些難以跨越的差距，我不知道是什麼，直到去了木船民歌餐廳那次，我才看到那距離。

以前我從沒去過什麼民歌餐廳，吃飯聽音樂哪裡沒有，聽現場的有比較厲害嗎？從在一起以來就這樣，她看洋片我看港片，她看書；我看到書就怕，她喜歡跳舞我覺得那像在耍白癡，連她聽的歌我都沒一首聽過。不只英文歌，她還聽法文歌。那天晚上在木船餐廳駐唱的歌手是個男的，聲音粗粗的像在哭，唱起來有一股滄桑的感覺。我直覺他唱台語歌應該也很適合，但他都唱英文歌。

一頓飯吃下來，她興奮得不得了，我卻吃得沒滋沒味，歌聽也聽不懂，她又只顧聽歌哼歌，別說跟我講話，連眼前的牛排都沒吃完，那天離開的時候老實說心情真差。陪她在綠川旁邊散步時，初春夜晚的空氣潮潮的，風像很累，不太吹得動的感覺。走到快民族路口，我實在受不了，拿出煙來抽，她看見我抽煙，問我怎麼了？

「怎麼了？不能抽煙？」我一肚子不爽。

「沒啊只是，」她怯懦的問，「只是你很少在我面前抽煙。」

「那又怎樣，我想抽就抽啊，是很沒水準嗎？」

「沒有啦，你幹嘛這樣！」

「……」我看著她，她還是那麼漂亮，家裡又有錢，簡直就像星星，離我幾百萬公里！「我覺得我們之間的差距很遠。」

「怎麼會呢？」她有點緊張，靠上來摟我的手，「跟你在一起我覺得很快樂，你都會帶我到刺激的地方玩。」

「但你終究是好學生，妳有很多書要念，妳會講英文，妳又會彈鋼琴，妳是被人家栽培的人，我不是。」

「你不會沒關係，我可以教你啊？」她急急的說，「你不要這樣放棄自己啦！」

「我沒放棄自己，」我聲音大起來，「為什麼不愛讀書就是放棄自己？」

我那時才恍然大悟，根本就不是我在等她。

「……」聽見我這樣講，她臉色沉下去沒有反應，我不爽起來把煙往黑色的綠川裡丟，紅色的光點翻了兩翻掉進水裡，連叫救命都沒有就消失了。

綠川臭得會死，水又黑得要命，哪裡來的綠！

「妳們有錢人就是這樣，什麼都懂，連別人的人生妳們也懂，我為什麼要讀書？我不讀書是礙到妳了哦？我不會讀書讓妳很丟臉嗎？」我大概很大聲，路邊一家電腦用品店探出來一個中年禿頭，頭轉來轉去像是在找剛剛聲音哪來的，最後看到我們。

我瞪他一眼，他眼神縮一下，知道怕，左看右看假裝不是在看我們。等那人頭縮回去，我又繼續，「妳知道我現在隨便去牽一台車就有幾千塊可以賺嗎？妳知道我能拆妳的車，偷一個零件組回去，妳他媽騎半年還沒發現嗎？什麼叫放棄自己？」吼完一串，我瞪大眼睛看她，很喘。

「……」她也看我，但沒有說話，我看了她一會，轉頭扶著欄杆看河底。夜色黑，河底更黑，幾乎看不見水面，偶爾有東西流過，彎來彎去，有的卡在半路，有的一路流進台中路底下去。電子街裡面傳來一些電動玩具的聲音，兩台機車從台中路轉進來，車燈閃一下很快就飆遠了。

引擎有點破音，不是發動機鏈仔鬆了就是汽缸出問題。

「國哥，你聽我說，」沉默了好一下，她先開口了，「我愛你。」聽見這句話，我心一下子漲起來，像血液突然在心臟裡淹水了，然後開始往四肢蔓延，一股又熱又燥的感覺充斥在身體裡，喉嚨就變乾了。

我轉頭看她，一時講不出話來。

「我愛你，」她又說，「我想一直跟你在一起。」她眼裡的淚都快滿出來，眼珠比平常還亮，我心酸起來，把她拉到懷裡抱住。她的身體很軟，但兩隻手很硬，硬邦邦的也摟著我的腰，我們在月光下擁抱，就在深不見底的綠川旁邊，水流聲突然大起來，聲音流過李佩紋的喉嚨，她輕輕呻吟。

他媽的，女人到底是什麼生物？

從電子街走出來的人都抱著電動玩具盒子一臉滿足，他們都是呆了，為什麼不去抱女人呢。

回家後我開始慢慢整理家裡，因為那天實在太美好了，在我們散步回去的路上，李珮紋突然說她沒來過我家，她想要看看我家。

我拒絕了。

但她很堅持。

我從房間開始整理，幾天之後開始整理屋子裡其他地方，父親看見我在整理，問我怎麼了，我只對著他笑，說有朋友要來。

當我咧嘴對父親笑的時候，我腦子像通電似的閃過，我好像很久沒有對父親笑了。從陳忠躺下來之後，我就很少對父親笑。

父親看著我的笑容，露出一種很靦腆又很欣慰的表情，但這是我的解讀，他表情裡真正的意思我一直就沒了解過。

李珮紋要來的前一天，放學回到家父親不在，我打開電燈後發現電視上又壓了字條，我一股火就起來。

「我去醫院，晚餐在廚房。」又被那家吸血蟲叫去付醫藥費了。

我走到廚房看，一鍋粥，一碟豆腐乳一盤胡蘿蔔炒高麗菜跟一鍋滷肉，粥面平平整整的，他一定連晚餐都沒吃就去了，幹！

吃了兩碗粥，我走回客廳看電視。

新聞一直播放著八月奧運就要增加棒球項目，是台灣的大好機會，但要用什麼隊名參賽是一個問題，幾個官員在那裡吵。我看了想吐，連用什麼隊名參賽都沒辦法自己決定，那還比個屁！

窗外響起一陣雷，我電視看不下去，準備掃把跟抹布要把客廳整理好，但心裡一直想著父親。媽的真是個白癡，人家叫他去就去，等一下下大雨看他怎麼回來。

掃過地，我想了一想跑到倉庫去把小時候的獎狀都搬出來，擦乾淨，把它們一個一個掛回牆上去。我還在掛獎狀，轟隆一聲打一陣脆雷，客廳電燈閃了兩閃，熄了，然後雨就下來。

雨一下來就沒完沒了，我從凳子上下來，到神明桌抽屜裡找蠟燭，好不容易找到蠟燭，點燃了之後才發現客廳裡面已經滲水了。外面路上已經淹到腳踝高，水從門縫進來，漫了一灘，我衝去拿拖把拖乾，才剛把拖把洗好，電就來了。

電燈一亮，屋子像從很遠的地方閃兩下就衝到我眼前，我拿著最後一張獎狀踩上凳子準備掛上去，站到凳子上後我回頭一看，雷光電閃從窗外射入，屋子裡一下青一下紫，這房子破爛得像快死的癩皮狗，我還在這裡整理東整理西是想要騙誰？

茶几椅子電視窗戶，沒有一樣不是爛到快垮，我是憑什麼要請一個有錢人的女兒來家裡？

我再回頭，牆上獎狀是排得很壯觀，但那上面不是國小一年級，就是二年級，有一張還是幼稚園大班的創意畫比賽，我是在幹什麼？我是想要炫耀什麼？我把牆上的獎狀全部掃下來，獎狀得來好不容易，掉到地上也還有聲音，但那上面文字代表的東西有夠空虛，我他媽的就是不要這麼虛偽的東西。

閃電沒再下來，外頭雨水很吵，夜黑到地獄裡去了。

「喂。」電話裡傳來李珮紋柔柔的聲音，背景有音樂的聲音，聽起來像伍思凱的愛要怎麼說。

「是我。」在電話裡我都聽得見自己低沉得像在深海的聲音。

「嗨！怎麼啦？」她說話的同時，聲音聽起來像被壓扁了再放開，大概她正在翻身，這個時候她應該躺在床上聽音樂吧。

「我是想告訴妳，」雖然鐵了心，但我還是頓了一頓，「明天我們不要約了，妳不要過來了。」

「為什麼？」電話裡她的聲音聽起來就像該有的反應。

「沒有為什麼。」

「你不要又這樣，我們不是講好了嗎？」她聲音散掉，聽起來情緒上來了。

「我怎樣？我又怎樣？我就是不想讓妳看見我家破破爛爛的樣子啦！」

「……」她安靜下來沒說話，話筒裡只聽得見輕微的呼吸聲音。我知道我心裡希望她可以繼續問我為什麼為什麼，然後堅持的說她一定要來，而不要這樣冷冷的。

只有我能對人家冷冷的，我不喜歡被別人支配，別人比我冷靜會使我抓狂。

「妳如果有什麼不爽妳可以講，不要裝得一副無所謂的樣子。」

「我可以講嗎？」她真的生氣了，「我們在一起這半年來，有什麼是我可以講的嗎？你高興就愛我愛得要死，你不高興就說我們之間距離遙遠，我真的很愛你，但我不知道該怎麼去愛你，你教我啊你教我啊！」她吼了一長串，吼完後呼吸急促。

「妳家那麼有錢，我家那麼窮，不可能永遠在一起的。」我說。

「你又這樣了，我有嫌過你窮嗎？」

「我又怎樣了！我又怎樣了？」

「你明明知道我的意思！」她叫得很大聲，不知道為什麼她敢叫得這麼大聲，也許她家沒人。

「我們為什麼一定要這樣吵呢？你真的不知道我對你的心意嗎？」

「……」我停下來，不知該如何回答，我覺得她很可憐，我知道她愛我，但我需要不斷確認，用冷漠和吵架的方式確認她還愛我。我知道自己賤，但我沒辦法，我需要緊緊的掐住什麼東西才感覺到存在，所以我用我的無理緊緊的掐住李珮紋，要她愛我。

「對不起。」停了幾分鐘之後，我說話了，我覺得說對不起可以讓她軟化，之前在一起過的女生都吃這套，那些女生都喜歡男生認錯，她們覺得男生認錯就是對她們好，我不這麼覺得，但我這樣做。

「你不要對不起，為什麼要對不起！你對不起誰啊？」跟其他女生的反應完全不一樣，她在話筒裡尖叫起來。那聲音像有電，從我耳膜灌進去，一下子把開關打開，我突然聽見我媽拿著藤條一邊抽我一邊怒罵的聲音，那衝擊像一巴掌打在我臉上。

「幹，我對不起妳啦、對不起我媽、對不起我爸、我連陳忠都對不起、我就是對不起這全世界的人啦！我要是死了你們就最爽了！」我腦漿炸到嘴邊，也開口吼回去。

「你說陳什麼？那是誰？」她聲音緊下來。

「陳你娘啦！」

「……」

「國哥，你真的有病。」她冷冷的說完，隨即把電話掛斷。

嘟的延續聲在我的耳朵裡繞，等到變成斷斷續續的嘟時我才警醒，把電話往桌上砸。

幹！

雨還大得像機槍掃射，掛斷電話我才發現水又淹進來了，地上的水已經漫到廚房口了，但我不管了，拿了外套衝出門去，才發現雨真的很大，而且很冷。

我如果有在家裡多待一分鐘，我就會接到電話，接到電話後我還是會出門，但我心裡的自責應該會小一點。

可是我沒有。

我沒穿雨衣，皮外套一下子就被打掛，水從領口滲到胸背裡，外套裡的絨毛吃了水變得很重，貼在身上冷得要死，但我什麼都不管。

精武路地下道裡的水像溪流，出了地下道，車子就多起來，把路上的積水往我身上掃，一輛貨車過去掃出來的水還差點把我搧倒，我追上去，在雙十路圖書館外面的紅綠燈前攔下他。

「幹你娘，你是沒長眼睛哦，下雨天不會開慢一點，是趕著去赴死哦！想死不會捏懶啪自殺！」我瘋起來找到字眼就罵，那司機被我罵得一愣一愣，眼神裡有怒氣也有害怕，大概看我騎打檔車，不知道我是什麼來歷，最後對我點點頭算是道歉，方向盤一打，從我旁邊開走。

發洩完，心情稍微平復了，雖然雨還不停，但我的車速慢了許多，到了中華路口，我找了一個騎樓停好車，站在騎樓下看著對面李珮紋她家。

她家是一棟四樓半透天的房子，與另外一棟連在一起，房地產廣告裡說這樣的房子是雙併的，就像兩個人並排站在一起，或者連體嬰，我家那種一整排連在一起的房子跟這種實在不能比。房子外表比廟還豪華，廣告裡都說這是豪宅，裡面會有按摩浴缸跟躺在沙發上露大腿的女主人。

她房間的燈還亮著，那燈就跟李珮紋一樣，溫柔的發著光，看起來好溫暖，我好想進去那燈裡。但李珮紋不知道我知道她家在哪，我這樣進去一定把她嚇死，而且，我也不確定她家有沒有其他人。

我冒著雨走到三民路口便利商店買了一包煙又走回來，她房間的燈已經熄了，我看著剛剛還亮著現在已經變得昏暗的窗戶，裡面的窗簾開一半，但動都不動，窗戶一定是關得死死的。

一輛看起來很高級的房車緩緩開進他們家前庭遮雨棚裡，車頭上的商標我從來沒看過，但一看就知道大概比我家的房子還貴。車子熄火後從前座下來一男一女，車棚裡很暗，一下子看不清楚，我想是她爸媽。等到兩個人摟著走到她家門前，我才看見，男的頭髮灰灰起碼有六十歲，應該是他爸沒錯，女的有夠年輕搞不好比李珮紋沒有大幾歲，不可能是她老媽，我才想起李珮紋告訴我他爸跟他媽很早就離婚了。

老牛吃嫩草。幹！

她爸爸跟那女人進了屋子後，客廳的燈就亮了起來，透過窗戶看進去她家裡有一股要融化的感覺。沒多久，她隔壁房間的燈也亮了。

失去了李珮紋房間的光，我整個人洩下來，身體冷起來，拿出打火機，打了兩次把煙點著，吸一大口。熱氣從喉嚨一路灌到肺裡，憋了幾秒，慢慢的吐出來，身體才有點回暖。紅光剛剛因為我猛力吸，把煙草燒得像小燈泡，現在又弱得要熄滅掉。

我看一眼她老爸那輛車，再看一眼騎樓下我的溼透了的DT，心裡很不是滋味。我走出來路燈下淋雨，燈下的雨都會發亮，反倒是我嘴裡的香煙，閃不過雨，發出一股像是微弱的嘆息聲就熄掉了。

我心裡鬱悶得要死，朝著天空張口，雨水一點一點的滴進嘴裡，卻對心裡的火一點幫助都沒有，我想要大喊。

「國中仔！」有人喊我，只有一個人會這樣喊我。

我轉頭一看，一部白色三菱斜斜停在前面，看起來像是掉了什麼東西緊急停下來的樣子。車子裡坐著一個人，在反光隔熱紙的車窗裡誇張的招手，我走過去看，果然是高中仔，不過，現在大概不能叫他高中仔了，他現在是大學生了。

他示意我上車。

「懶叫啦，啥洨大學生！」剛上車，他一聽我喊他就笑。

原來他早被休學了，在萬華跟人家械鬥，砍殘了一個黑手，他的左腳筋也被人家砍斷。

「爽到，免做兵。」車裡深黑，他也不知真笑假笑。

倒是我嚇了一跳低頭看，駕駛座黑漆漆的看不出來，他也沒要讓我看仔細的意思。他砍人被抓之後，判了緩刑，不過賠了不少錢。學校知道消息馬上就要他退學，他爸去講都沒用。

「不過我爸現在去哪裡講都沒用了，」他也抽一根煙，煙頭一直不紅。「洪仔騙我爸說歌劇院營運不佳，把我爸投資的錢都吞了，那天還跑到我家下跪，哭得像死了兒子。結果不到三個月歌劇院竟然又開，被我爸小弟看到，隔天馬上報警去抄，真的把洪仔抄得家破人亡。

「後來，也不知道是被人盯上還是怎樣，我爸的幾個場子接連被抄，來抄的都不是以前那些收錢的戴帽仔，我爸電話打到快燒掉，最後也只能站在那裡瞪人，一點辦法都沒有。就這樣，我們家現在只剩下兩個撞球間跟一個釣蝦場，小弟幾乎都跑光了，現在都請工讀生在頂著，我就是順便回來幫忙顧釣蝦場的。」

他邀我去釣蝦場喝酒，我現在不想到太明亮的地方，便拒絕他。他也沒看出我的狀況，他一直是活在自己狀況裡的人，只說改天一定要過去讓他請，便油門摧滿而去。

雨停了，我走回停車的地方，李珮紋家裡的燈全都熄了，我看一看手錶，快十二點。下過雨的天色還蠻亮的，月亮圓圓的，雲的邊緣都發著銀光，這兩天大概是滿月。我發動車子，再點一根煙叼住，噹噹噹騎離李珮紋她家。

車子在太平路雙十路口停紅燈，我的煙也被風吹得差不多了，我拿下來吸最後一口，煙頭亮的樣子很像父親床頭的小紅燈。

把煙蒂彈出去的時候，我突然想起父親已經戒煙好幾年了。

章節 04

父親

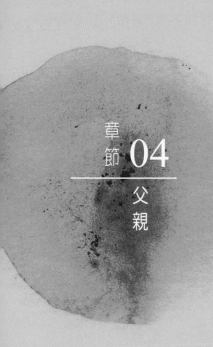

他回到家，發現屋子裡水還沒退，地上被他砸爛的東西也還沒清理，父親顯然還沒回家，他覺得奇怪，都要一點了。

他走到電視前面，拿起紙條看，還是下午那張。

「我去醫院，晚餐在廚房。」

看著看著，他心裡覺得不對，抓了另外一件乾的外套便又衝出門。

到了803醫院已經一點多，急診室在另一頭，大廳這邊安靜得像殯儀館一樣，阿兵哥的醫院連作息都要很規律。他跑去問了櫃台護士，護士先把手上的東西寫完，慢慢抬頭看牆上的時鐘，再轉頭瞥他一眼，要他出示證明。他找了半天只找到學生證，護士又白了他一眼，收下學生證開始在鍵盤上喀啦喀啦的查他問的名字。

不知道是電腦慢還是護士故意刁他，查個名字查了十分鐘有，就在他快要爆起來的時候，護士開口說：「很像……沒有耶……」聽護士回答的瞬間他不知是高興還是失落。

「噯，等一下，有，今天下午住進來，本來不住的，在302房。」

果然，還好他沒昏頭衝到中國醫藥學院去。

他輕輕的推開門，是四床的病房，四個床都罩著蚊帳，他掀開第二個就看見，父親躺在床上，身體左側棉被下伸出一根管子，直接到床底下一個桶子。

他沒有發出聲音，但眼淚已經冒出眼眶，他完全招架不住，看劉德華電影都沒這樣激動。

父親躺在床上輕輕呼吸，還會呼吸。

他輕手輕腳坐在床邊，看著父親沉睡的側臉，這側臉竟然也有倒下時候。

當年，坐在父親摩托車後座往醫院去的路上，他其實很怕，怕得發抖，幸好那摩托車也抖，比他還抖。那時他抬頭盯視陽光，努力想傷害自己，父親的背橫堵在他面前，寬厚得能鑽進去躲，深綠色的襯衫隨風飄出汗味，他很想伸手去抱那一片背，但終究沒有。

一直沒有。

他越想越恐慌，不自覺用力握緊父親的手，但父親連動都沒動。

他低下頭用臉去摩挲父親的手，父親的手粗糙乾燥，除了微溫簡直就像水泥牆面，他眼睛閉得死緊，淚從眼角擠出來，濡濕他的臉和父親的手。

「先生，先生。」他覺得有人在拍他肩膀，抬起頭，眼睛幾乎睜不開，等到終於適應日光，發現是護士叫他。

「我們要換點滴，請你先到旁邊一下。」兩個護士在四個病床間飄來飄去，沒有制服A片裡的柔弱，只有冷淡。

他退開，讓護士換點滴。

父親手背扎一管針，用透氣膠帶貼著。幾條暗筋埋伏在鐵銅色的手皮裡，像另一隻更細的手緊抓著父親，他舉起自己的手看一眼，腦海裡想到丁哲修的爸爸。針管連接玻璃點滴瓶，瓶子裡已經快見底，下端緩慢滴漏著透明液體，比秒針還慢，比時針快得多，護士俐落拔開接頭，換上新瓶，掛回架上，順手幫父親整一整被單。被單底下，他看見細細的塑膠管從父親胸口左側長出來，管子黃濁，內裡還帶血色，護士挪動管子，父親皺了皺眉，眨眼醒來。

看見他來，父親笑了。

隨即問，「你今天不用上課？」

「請假。」他回答得簡潔俐落。

「幹嘛請假？我昨晚打了好幾通電話回去，就是要你別……」

「你都這樣了，還不請假？」

「哎唷，沒怎樣啦，」父親揚聲回答，聲音裡有很大的欣慰與滿足，「醫生說等肺裡面水導完就可以縫起來，不是什麼嚴重的病啦！」

「要怎樣才會嚴重，幹！」他有點大聲，隔壁兩張床在簾子裡吱嘎了一下。

「抽煙嗎？」醫生來巡房時看見他，低頭在板子上寫著什麼，隨口問。

「我還我爸？」他冷冷回問，旁邊兩個護士手上動作頓了一頓。

「老先生。」醫生抬起頭看他，隨即又低下頭去寫，像在問口供。

「煙要戒，你的肺不太好。」沒等他們回答，醫生自己又接著說。

「我已經戒好幾年了。」父親說。

醫生聽見父親回答，又抬頭看他們一眼，隨即把眼光正面轉向他，「吸二手煙也要盡量避免。」講完話，醫生把寫字板丟給護士，就往下一床去了，兩個護士很謹慎的跟上。

父親出院那天晚上，他們父子倆到小鎮上的麵攤吃宵夜，父親肋骨上的洞還新，只叫了一碗湯吮著，他點了一碗擔仔麵跟一盤粉腸。他低頭吸一大口麵上來，父親正好湯匙在嘴邊吹著，他嚼著嘴裡的麵條看著父親昏黃側臉，撅起的唇慢慢把滾湯吸進嘴裡。湯匙被手抓著抖，父親極其小心處理這生命湯汁。

老。他第一次在父親臉上看到。

父親病癒後，他變得比較常回家，雖然仍跟父親常常口角，他已經比較能懂得從父親的角度去思考問題。

但家裡經濟依然不行，陳忠他老爸沒在管初一十五，缺錢就來鬧，鬧了就有錢。他仍然偷車賺錢，消費少了，錢自然就多了。偶爾，他把錢拿回家，以一個學生來說數目還不小，說是打工根本不可能，但他就是不說。父親問不出錢怎麼來的，所以不收，他就把錢裝信封放電視上。

放暑假時，喧騰了大半年的奧運終於開打，為了參賽旗幟的字樣已經吵過一輪，比賽開始了還要討論獎牌數。台灣的獎牌數跟大陸不能比，所以，台灣人並不是太熱衷，一開始媒體也都挑著比賽播。到了賽事後半段，台灣人突然瘋狂起來，他本來搞不清楚，棒球他根本一竅不通。後來聽眷村的老芋仔聊得口水亂噴，他才知道原來台灣的棒球隊打入了半決賽，有機會拿冠軍。最後台灣果然不負眾望，在複賽以五比二宰殺了日本隊，進入決賽才敗在古巴手下，拿到銀牌，創下了台灣棒球在奧運史上的最高名次。

跟棒球一樣，那年也是籃球比賽首度開放職業球員參賽。美國由全NBA職業球員組成的夢幻隊，在籃球場上殺進殺出，血洗全球籃壇，如入無人之境。每一場轉播他都跟丁哲修窩在雜貨店樓上小房間裡看，台視有國語轉播但他們都看NHK台，雖然主播講日文兩個人都聽不懂，但那個畫質好太多了。他們不肯錯過每一場轉播，丁哲修更是激動得連重播都看。那一年暑假他最深刻的印象都是在丁哲修的房間裡看球賽。但當年比賽其實沒有很好看，連一場稱得上纏鬥的對抗都沒有，像大拜拜一樣，其他國家的球隊只有進貢的份，輸30分已經算小輸了。

那段時間，大概是奧運熱，球場上到處都是人，他們幾個喜歡打球的人反而都不想去球場了，鬥牛PLAY一輪要等快一個小時。

奧運剛結束沒幾天，傍晚他準備清洗用具正要到外面洗車，父親在客廳看第四台節目，鏡頭看起來是動物園，有一隻長頸鹿在生產，幾個人穿著雨衣在旁邊走來走去，柵欄外面一堆遊客擠在那裡，看母長頸鹿像屙大便一樣把小長頸鹿生出來，掉出陰道口的小長頸鹿裹著霧白的胎衣，有點像發霉的糯米腸，母長頸鹿竟然還去舔那胎衣，他看得想吐，水桶提著推門出去。才剛開了水龍頭在沖車，突然就聽見裡面客廳很大一聲「幹！」他放下水管走進來看，父親拿著遙控器氣得手發抖，嘴裡還不停罵著「幹你娘，死韓國豬。」他轉身看電視已經轉到新聞台，新聞畫面粒子很粗，像是從很遠地方傳來，裡頭的人都笑得很開心，每個都把手握來握去，原來是回顧影片，回顧台灣跟南韓的邦交歷史，因為南韓突然跟台灣斷交了。

又斷交。他心想。

新聞裡說台灣的大使館直接就被中國大陸接收去了，台灣外交官簡直是被驅逐回國的。

「連塊橡皮擦都拿不回來。」他聽到新聞主播這樣講，感覺有點搞笑，簡直像拍電影。

那天，父親氣得吃不下飯，他也氣，氣父親天高皇帝遠的事情也在生氣，到時又氣得自己生病。

「韓國自出世也不曾去過，斷交是會死人哦。」他說。

「……」父親聽了他的話，心頭大概被火燒到焦，「社會事你是識幾樣？整天只會顧你那台車，咱台灣若倒，到時你按怎死的攏不知！」

「你看新聞就會知道哦？啊知道按怎死的是有卡好逆？」很奇怪他就是沒辦法在父親面前示弱。

「……」父親一時語塞，瞪大眼睛看他，「你真憨呢你！你為什麼都憨不醒？」

「你整天不是出去送信，就是坐在那裡吃飯配新聞，外面在流行啥你敢知？」他大吼，「是誰在憨不醒！」

「你是咧講啥你……」父親從椅子上起身，一臉橫怒。

「我欲去洗車啦！」他轉身，避開這針鋒相對。

畢竟，是父親。

「你哦……不要再這樣懵了啦，我是沒法度顧你到老呢。」在他身後，父親的聲音沒有了表情，只有話語裡的關心。

「知啦知啦，我不是會賺錢了，錢你沒拿到哦？」他邊說邊提著水桶往門外移動。

「啊對，講到你那些錢……」父親還在講，他推門出去，碰一聲門又彈回，把父親的話剪斷。

八月結束後丁哲修得開始補習了，二中畢竟也是升學名校，壓力很大。他每天剛起床就看見丁哲修背一個大書包從他家門前腳踏車騎過去，他自告奮勇說要騎機車載他，但好幾天都起不來，後來丁哲修要他免了。

開學之後，學校球場上的人也明顯變多了，灌籃高手連載到湘北隊跟翔陽隊的比賽，每個人都變成翔陽隊的後衛藤真。

他還是飆著他的ＤＴ上學，他和李珮紋吵完那一架以為會分，沒想到沒多久又和好，和好也不是一直好，偶爾又吵，來回幾次到現在還是在一起。他偷車賺錢很輕易，花得也不省，常常帶李珮紋出去玩。他帶李珮紋到高中仔的釣蝦場玩，那時他才看到高中仔走路真的已經一跛一跛。高中仔趁李珮紋去上廁所，拉過椅子誇他馬子漂亮，問她要不要來當櫃台。他不想讓李珮紋來，她不缺錢也一定不會答應，但他不知道怎麼拒絕，高中仔變得很會說服人。他看著高中仔的臉，發現他已經變成大人了，懂得做生意，有大人的深沉。

「妳想不想要打工？」離開釣蝦場後他把高中仔的話跟李珮紋說，騎車風大，他說得大聲，但李珮紋話還沒聽完就從他背後吼回來，說不喜歡那裡的氣氛，街風呼嘯，把他們的話切割破碎。

日子在陽光下走，像影子一樣短了又長、長了又短。

看了明月照尖東裡黎明用call機傳訊息給關之琳，他才發現世界上有這麼方便的東西，他也跑去裝了BBcall，還幫李珮紋也辦了一個，兩個人每天B來B去，玩得甜蜜蜜。不知是他開始注意到了，還是別人學他，他辦了BBcall之後就突然發現滿街的人都在帶call機了。

三民路上的煙塵終於沒了，那塊超大的蓋屍布也掀開了，露出來是一排嶄新雄偉的建築物，叫做「中友百貨」。現在那裡已經取代了來來百貨，變成同學相約的地標，他跟李珮紋去過幾次，發現裡面真的超大，會迷路。

第一次段考過後的禮拜六下午，他載李珮紋去科博館，他不知道她為什麼會想要去，他一輩子也沒想過去這種無聊的地方。沒想到去了才發現，科博館裡的東西還真的很炫，尤其是太空劇場，宇宙的畫面一開，屋頂就沒了，三百六十度的螢幕看得他頭暈，一下子地球一下子太空，他都不知道自己到底站在哪裡。

這世界真的很大，比車還厲害還複雜的東西一大堆。

逛完科博館天已經黑了，他們沿著科博館大門前的綠園道散步，夏天已經近尾聲了，晚上的天氣已經不那麼悶熱，他們手牽著手走在夜暗的樹影下，他現在超想跟李珮紋做，把她手握得死緊。他們一路走到中港路上，李珮紋說想要吃麥當勞，就在他們要進去的時候，他腰上的call機響起來，他低頭看，是父親。

「怎樣？」他問，眼睛望著李珮紋。

公共電話在seven-eleven外面，李珮紋進去買飲料，幾個男的坐在旁邊臺階上抽煙聊天，啤酒罐和咖啡罐倒一地。李珮紋穿熱褲，兩條腿在日光燈裡發亮，那些男的眼神時不時就飄進店裡去。

「那個，你明天放假吧。」父親在電話裡平穩的說著。

「廢話，禮拜天。」

「那，你可以陪我去一趟醫院嗎？」父親的聲音低低揚揚。

「你又怎麼了嗎？」他聲音高起來，他是真的擔心。

「不是我啦，是那個……不然你回來再講好了，你今天會早點回來吧？」

掛了電話，他也無心吃飯了，李珮紋看他這樣也要他早點回去。

回程的時候，他車速很快，李珮紋摟他腰摟得很緊，兩個人都沒說話。

在靠近五權路的時候被紅燈擋停，他兩腳落地雙手放下把手，轉轉脖子。右手邊前面一點就是中山醫學院，晚上的燈火看起來青青綠綠的有點陰森，左手邊則剛好相反，是一棟兩三層樓的明亮建築，臨路的招牌比樓層還大，上面幾個霓虹燈字亮得像彩虹就在眼前。

大約是已經過了晚餐忙碌時段，幾個戴白帽子的廚房人員蹲在側門旁邊抽煙聊天。

「衛爾康自助KTV」李珮紋在後座小小聲的念著那霓虹燈看板，接著說，「欸我們好久沒去唱KTV了。」

「幹，那裡貴得要死！」

這句話戳中李珮紋死穴，後座沉默不語。

「好啦……」他虛應著，「下次再找釘子他們一起去唱。」

送李珮紋回家再一路狂飆，進家門也九點多了。

回到家，發現父親坐在椅子上睡著了，電視還開著。

「是怎樣？」他把父親搖醒，靜靜的盯著他看，他其實心裡有底。

父親揉一揉眼睛，又起身倒了杯水，才緩緩的說。

「他們說有去幫那個孩子相命，說他會醒。」
「誰？」
「就你那個同學啊，」父親囁嚅說著，「陳忠。」
「他又送進醫院？」
「嗯……」父親只點點頭。
「馬的，他們家人是怎樣在顧的，」他大聲起來，「顧到三天兩頭在送醫院！」
「那沒要緊啦，主要是說……」
「啥沒要緊，他們就是吃定你這樣，有事沒事就推進醫院給你煩惱，一家三四個人顧一個植物人都顧不好，是吃屎的哦！」他吼。
「他們也是有狀況送醫院了才會通知我，平常……」
「通知你，是叫你去付醫藥費啦，你給他們的還不夠嗎？爸，你沒看你頭髮都白了，你還要讓他們啃幾年啊！」
「啊就……」父親睜著一雙眼看他，說不出話。
「馬的，早知道當初就直接掐死。幹！」父親不說話，牙齒在臉頰裡面磨咬，隱隱的蠕動像有手在裡面抓。他氣沉下來，坐在椅子上自言自語，電風扇在旁邊轉，空氣流動著。
他低頭看自己的手，左手上幾道刀痕，剛割的時候是凹陷下去的，後來皮膚要把那傷口吃掉，卻吞不下去，就卡在皮底下變成凸出來的一塊。那些凸起的皮膚摸起來硬硬的，但表面卻沒什麼感覺，就好像一條繩子綁在手上，手指去摸繩子，被綁住的手臂和觸摸的指尖都會有點感覺，就繩子本身沒感覺。那原本就不是他的皮膚，是被他硬加上去的，死扒著不放。剛上國中那段時間，他還沒長大流言卻一直長大，用拳頭也打不散，他抵不住，好幾次拿美工刀就劃下去，說實在不怎麼痛，但人就是會怕，劃下去那一瞬間都會收一些力道，大概是這樣，最後都沒死成，沒死成的人都變成壞人，更沒人敢靠近他。

只剩這些傷痕，一直綁著他手臂。

看著這像繩子一樣的傷口，他腦海裡果然浮起丁哲修的爸爸。

「阿國，你聽我說，」停頓了好久，父親突然開口，他從回憶裡衝回來，還有點迷蒙，「怎麼樣都是我們理虧在先，沒有給人家一個交代也不行。」

「……」換他說不出話來，他突然覺得好累，被一個植物人纏著，怎麼樣都擺脫不了。如果是他自己也就算了，一命賠一命他也甘願，偏偏他們纏的又不是他，而是他的父親。

「要怎樣交代？」他說。

「他們有去相命……」

「相命？」

「對啦，那個仙仔聽說相命相很準，蔣經國死那年你記得嗎？那個仙仔半年多前就講蔣經國

『歹過冬』」父親說得傳神，臉都泛光，「你看他有多準！」

「嗯……」他心底裡防衛著。

「啊他們拿你同學的八字去給那個仙仔看，」父親語調又緩下來，「仙仔算出來，說你同學應該只會躺三年啦，為什麼會躺這麼久的時間還未好，是因為……因為他不甘願就這樣醒來，他要那個……要你去給他落跪，他就會醒來啦。」父親斷斷續續的說完。

「你叫他去死一死啦，給他跪！幹伊娘咧！」他實在氣到想殺人。對方要錢也就算了，一年一年的要求還真得寸進尺。

「國仔……，」父親又開口「是你給人家害到這樣呢。」

「我可以讓他免這樣，就推來給我掐死啊！」他揮手捶胸口，「恁爸在這等他。」

「你不要擱這樣講啦，」父親說，「你怎麼那麼憨？怎麼那麼憨？死敢是這麼簡單的事情？你這樣隨隨便便就喊生喊死，你敢有考慮過別人？敢有考慮過我？我不是別人呢，我是恁老爸呢，是我呢！你敢曾想到……你敢曾想到……我？」父親一開始激動，接著越說越慢，最後一聲我他幾乎沒聽見。

幾乎沒聽見，但他還是聽見了。

跟著父親走進中國醫藥學院，冷氣像一隻手伸過來打巴掌，他原本燥熱出汗的後頸，現在一片冷痲，雞皮疙瘩浮出來。冷氣裡有消毒水的味道，聞起來像學校游泳池的味道，但這裡的感覺更冷。

走進大廳後，父親的腳步放慢，回頭對他說：「等一下要卡好嘴咧，不要再動不動跟人家大小聲。」

他只點頭沒回答，腳步也跟著父親一起放慢，大廳裡都是人，行走的腳步不是快得要命，就是慢得要死，沒有一個正常的。電梯門開，他們起腳要走進去，一張病床從裡面滑出來擋住他們，病床上躺一個婦人，一個護士在裡面推。病床離開後他們才走進電梯，電梯裡兩側貼滿了海報，肺癌的、防治自殺的、肝癌的、護理講座的……他看都沒看直接走到最裡面角落，對門那面牆是鏡子，他站在鏡子前面看了看自己，面無表情的與自己對視，轉身靠著牆。

「你不按哦。」他轉過身來才發現父親專注的看著那些海報，電梯連動都沒動。

「哦，忘記了。」父親乾笑，轉過身去按了樓層。

他嘆一口氣，短短的，很複雜。

樓層燈號緩慢的交錯，連電梯升降的速度都不正常，他心想。

敲門前，父親又看了他一眼。

「哦，人來了啦。」陳忠他老媽兩手按摩著病床上的腳，一邊回頭看，肥胖的身軀轉身看起來很吃力。陳忠他老爸坐在靠窗沙發上，翹著腳穿著拖鞋在吃一顆梨，耳朵上夾一根煙。

「哎唷，真罕走呢，大少爺！」陳忠他老爸坐在沙發上，笑著對他們說。這次看見他比上次白了點，也胖了點，只是白頭髮多了一些，否則看著還比上次年輕。

「是啦，啊……陳忠，有沒有好一點。」父親唯唯諾諾開口。

「啊你後生又沒來處理，阮陳忠是欲按怎好一點？」陳忠他老爸指著他說，陳忠他老媽輕撥一下他老爸手。

「按怎？」陳忠他老爸回頭瞪一眼陳忠他老媽。

「你賣給人講到按呢啦！」陳忠他老媽緩頰。

「未使講哦？幹！」

他站在入口處的牆邊，本來已經低著頭在忍，聽見陳忠老爸一堆幹話，腦子轟一聲燒起來，本來就要開口嗆回去，一抬頭，父親的背影先進來，他氣一哽，不動聲色的深吸一口氣，再緩緩的吐出來，牙齒在嘴裡咬得緊緊的。

「有啦有啦，你們上次說過我回去就有跟他講，他一直也知道自己不對啦，他也很願意跟陳忠再道歉一次啦。」

自己被揶揄也就算了，聽父親對這種豬低聲下氣實在是凌遲，但父親半身一直堵在他前面，一隻手直往後梭巡，抓到他的手臂便把他牽上前。

「來，國仔，去跟陳忠好好的道歉一下。」

他杵在房間正中，一口氣憋在胸臆快爆。

「若是不甘願你會使不要跪，是廣天宮那個仙仔這樣在指示，我們才想說來跟你們參詳看看，」陳忠老爸邊說邊把梨核往垃圾桶丟，「哪沒，我們再辛苦也是會好好照顧這個寶貝囝，就當做他歹命，沒欲按怎。」

「沒啦沒啦，我看他頭大面大，是福相啦，會好啦會好啦。」父親又急又弱的反駁。聽父親說完，他抬頭往病床瞥一眼，身體不動，但眼睛陡然瞪大；心裡驚訝得大概跳起三尺。去年還胖得他老媽翻都翻不動的陳忠，已經瘦得像一隻頑皮豹，但不是粉紅色，是青色的。原本鼓得他覺得有一天會爆掉的臉，現在只剩一層皮，鼻子頂著那皮挺出來，呼吸管就插在鼻孔裡，而全身上下那些肥胖的肉現在則全都垮下來披在骨頭上，一層一層又軟又皺，他老媽抓著他身體動一下，那些皮就彈性十足抖一下，像洩氣的破輪胎。

看著躺在床上那一具像穿錯衣服的鬼，在第一時間的驚嚇之後他心裡實在得意得快發抖，還好他忍住，牙齦咬得臉頰都動。陳忠他老媽客氣，還細細碎碎跟父親解釋著算命仙的說法，他腦子裡突然想到漫畫秀逗泰山，陳忠身上的皮就像秀逗泰山的睪丸一樣，要是有一天他從懸崖摔下去了，把身體張開一定可以當降落傘。想到秀逗泰山用四肢撐開睪丸皮的畫面，他忍不住嘴角微微的咧開，臉上憋得燥熱。

「幹你娘，你現在是在給恁爸笑啥？」他嘴才剛咧開，陳忠他老爸就爆一聲吼，陳忠老媽跟父親同時停下說話轉頭看向這邊，他也一驚，抬頭瞪著陳忠他老爸。

「幹，是未使笑哦？這你們家開的哦？」父親還來不及反應，他已經破口頂回去。

他一吼，所有人更不知如何反應，陳忠他老爸眼睛瞪得像要滾出來，兩腳落地緩慢的左點右點，找拖鞋。

「阿國，你是在講啥！」父親情急只能無力的問，他沒回答，只是死盯著還沒反應的陳忠老爸。

「幹，你倆父子攏給我死死出去，不免跪啊，阮阿忠哪有什麼三長兩短，你就準備拿命來賠，幹你娘老機歪！」陳忠他老爸拖鞋一踩，整個人站起來。

「不用，我現在就跟他配！」他不甘示弱，出腳就往病床踹，病床鐵架被踹得吱嘎響，像叫救命。

「幹！」陳忠老爸衝上來抓他，他又起腳踹，陳忠老爸掂腳屁股往後撇同時用手擋下體，他腳底只踹到陳忠老爸手臂，還感覺差點被抓住。他再要起腳，肩膀被人從後面架住，隨即兩個護士從他身旁衝出來，擋住陳忠老爸。

他回頭看，是醫院警衛。他父親站在警衛旁邊，一臉疲憊欲哭，像一輩子就玩完了。

陳忠老爸說要告他，但警衛說一進門就看兩個人纏在一起，是誰要告誰？醫院跟其他患者不告他們就不錯了。陳忠他老媽聽見警衛的話，嚇得不停道歉，還轉頭安撫陳忠他老爸，陳忠他老爸不是笨蛋，幹了幾聲就說算了。

「恁爸不會讓你們父子這麼好吃睏！幹恁祖嬤咧！」

填了一堆表格，還蓋了手印，醫院才願意讓他們離開。走出醫院大廳時天色還亮，但就要暗了，遠處一片紅雲，有颱風要來。

台灣中間有山，台中天高皇帝遠，颱風永遠掃不到，但他們家就要有一股風暴。

回家的路上，父親沉默凝重。回到家，父親還在外面停機車，他逕自開了鎖走進家門，才剛要進房間，父親在身後喊。

「你給我過來！」父親罕見的嚴厲，他鬆開握著喇叭鎖的手，轉身走到父親跟前，他已經比父親高，看著父親沒有壓迫感，反而有一股優越感。他站成三七步，頭斜嘴斜看著父親，沒有一點錯的樣子。

「啪！」父親陡然伸手往他臉上蓋，他猝不及防全身一震就被打一巴掌。空白的一瞬腦子裡突然出現小時候在動物園外母親給他的一巴掌。

媽的，是上帝來打另一巴掌嗎？

丁哲修他女朋友動不動就對他們傳教，什麼事都能跟上帝扯上邊，他都當笑話聽。他對上帝要人被打一巴掌還要奉送一巴掌的話印象深刻，當時還跟她辯得面紅耳赤，她最後氣得哭，說上帝一定會給他懲罰。

小時候被打他無意識就哭了出來，無法停止；現在他被打還是想哭，但忍得住，只回頭盯著父親。

「幹，你是在衝啥小啦！」憋出這句話。

「你今天這樣對嗎？」

「他們那樣就對哦！」他回。

「你是去賠罪的，不是去裝流氓展勇的。」父親氣得聲音開岔。

「他老爸比我還像流氓咧！」

「現在你是要跟人學做流氓就對啊？」

「幹你娘咧，做流氓有什麼不好？沒要學你哦！」

「你講啥？」父親口拙，根本不是吵架的料！

「……」他知道話講重了，避開鋒芒。

「……阿國，自從你媽跑掉……」停了一瞬，父親突然語重心長起來。

「幹嘛又講到她啦，這跟她有什麼關係？」他不想掉入鬆軟軟的溫情裡，他肚子一把火正旺，想吼。

「你聽我講啦，好沒，」父親伸手要握他手，「你不知你媽會跑掉都是因為……」

「是我啦，都是我啦，這樣好不好？我就是流氓啦，你們都是好人，你們都是好人啦，幹！」

他不想聽，覺得父親想轉移焦點，大吼一串，推開父親衝出門，機車一踩噹噹噹噴煙而去。

呼嘯聲中彷彿聽見父親喊他，但他覺得父親不是在喊他，父親想喊的是另一個一路領獎狀長大的孩子。那個孩子有媽媽，不會偷車，考得上大學，沒殺過人。

風往臉上擠過來，眼眶無能為力，眼淚從眼角噴出，直接射向耳朵，行進中淚水就蓄在耳朵，像耳朵的淚。

有時候他其實很開心，會忘記自己一輩子已經毀了的事情，但大部分時候他都記得，記得的時候他都很後悔。但後悔沒得醫，他只能恨，他從沒滿意過這個世界。

學期快結束的時候高中仔請他到釣蝦場幫忙。

「賺點外快，偷車畢竟不長遠。」自從接手釣蝦場，高中仔臉色一天比一天蒼白，但精神倒是一直很好，算一算也不過二十出頭，說起話來已經江湖氣很重。

他原本沒興趣，但高中仔提出的條件出乎意料的好。

「是衝啥，一個月有那麼多？」他疑問。

高中仔鬼鬼祟祟從手提包裡抽出一個透明密封袋，不到掌心大小像是電動玩具店櫃台裝零錢的袋子，裡面裝了三分之一袋的白色粉末。他港片看很多，知道那是什麼，但第一次真正接觸到，背脊還是涼一下，不知道自己是興奮還是害怕。

「這樣有比偷車……」他話才問一半。

「起碼不用出去透風落雨，」像是預料他會這樣問，高中仔直接截斷他的話，「而且，還可以讓你爽免錢的哦。」高中仔咧嘴笑，手裡搖著那袋子，眉毛一翹一翹的像三七仔在牽豬哥。

他終於知道為什麼高中仔會越來越蒼白了。

他答應到釣蝦場幫忙，對象都是跟他一樣年紀的學生或中輟生，上不上鉤一眼就看得出來，被他們盯上的剛開始都很屌，後來對他們都客氣得像孫子。那小袋子很容易賣，而且買一次就不會斷，像被烏龜咬住一樣。

警察會來臨檢，但那種檢查只是在門口簽名，偶爾進來喝喝啤酒吃兩尾烤蝦，高中仔很會應付。吃吃、喝喝、塞信封袋，他沒看過哪個警察不吃這套。

那陣子他錢賺很快，但缺點就是耗在店裡的時間很長，又不能讓李珮紋知道，她說過不喜歡高中仔。他自己是不吸那些東西的，但賺錢也跟吸粉一樣會上癮，他小時候缺錢缺怕了，現在有機會他不會放過。

二年級開學後他幾乎不去上課了，每天蹺課泡在釣蝦場，有目標就行動，沒生意時就釣釣蝦，吃吃蝦，反正壯陽。

但李珮紋沒學校那麼好交代。

平淡無奇的一天就這麼來了，李珮紋把他約到太平路上的薔薇派，他說要載她去，她不肯，說就約在店裡見。

進到店裡她已經在，頭低低的不知道在幹嘛，他坐下來才發現她在哭。

他有點煩，以前她很愛笑，最近都是哭，問她怎麼了也不回答，就是哭。他呆坐了十分鐘左右，她還是沒反應，他火大站起來就走，兩個人一句話沒說就分手，就又分手了。

連他自己都沒料到，那天晚上之後兩個人幾年都不會再見面。

當天晚上他沒去釣蝦場，自己一個人帶一手啤酒飆上望高寮，找了一個地道鑽進去，摸黑喝酒。

地道裡的黑真的叫黑，他摸出打火機點燃，火光把眼前燒亮，看起來是一個小房間，有一個小小的土平台，他坐到平台上便把打火機關掉，仰頭喝掉一瓶台啤，隨手把罐子往牆壁上丟。

他說了幾次要帶李珮紋上望高寮但她都不肯，她說她朋友告訴她說女生上了大肚山都會大肚子，所以她不敢去。

要是她肯來，在這裡就能上了。他又栽了一大口。

「幹，大肚子會怎樣？是跟我又不是跟別人！」他大聲喊，聲音被土牆吸去，回音沒預期大，給人一種空間很小的錯覺，在黑暗裡壓迫感很重。「幹！」

他是被陽光扎醒的，眼皮裡先看到夢一樣的模糊，景色才浮上來。

醒來發覺自己在地道口，全身都是土。站起來一看，台中市一片白茫茫，另一頭發電廠那幾根大煙囪還不停在冒白煙，像四根立可白正在把一幅城市的畫面擦去。

他看著眼前燦亮景色，知道這山上只剩他一個人，他知道只剩下他一個人了，如果他真的註定要孤單，那他就要做自己想做的事情，如果他真的只剩下一個人，他一定會去做他最想做的事情。

高二還沒念完，他就被退學了。同一年暑假，剛跟女朋友分手的丁哲修又搞砸了一次聯考，最後選擇念離他爸最近的中國醫藥學院。

退學後他不想再進學校，成天混釣蝦場，偶爾手癢，找順眼的機車偷了騎，騎膩了就殺肉賣掉，晃了幾個月，心想反正沒病沒痛逃不過當兵，他索性到鄉公所申請了提早入伍。三個禮拜不到他便到成功嶺剃光頭，操練了兩個月後分發到沙鹿，初秋的海線日頭老虎把他曬脫一層皮，一個多月就瘦掉三公斤。

入伍當兵這種事情對誰都是一種折磨，就像是在夏天正午或冬天的雨夜走出屋外，忍受著烈日灼身或刺骨的冰冷。長官口口聲聲說的為你們將來好、要提早讓你們適應外面的生活環境，讓你在忍受痛苦的當下會不由自主的想著：「幹，世上最好是有這麼難適應的生活！」

唯一可以帶來歡快的好處就是，當你在屋子外面照規定忍受完那些折麼之後，在回到平靜陰涼或乾燥溫暖的屋子裡那一刻，你可以感受到真正的舒適與甜美。而之前忍受的那些痛苦，就變成了一場夢。

有一次放假過後他不願意再回部隊做夢，逃到台北玩了半天就被憲兵逮到，回部隊被關了一個月禁閉，在禁閉室裡他發現自己很容易動怒，脾氣動不動就上來。

像母親。

禁閉室關到後來他真的受不了，說要自殺沒人理，一次吃飯時他就真的拿湯匙去刮手臂上那些割痕，其中一條比較弱的被掀開，血像在怕什麼似的慢吞吞冒出來，連上輔導長嚇得趕快放他出來，他以為這下肯定退了，結果卻只是換到醫院去關。

要進去軍醫院那天，正好營區大移防，整個連隊的弟兄塞進幾輛M35斗蓬卡車裡，像豬一樣被載往台南。醫官的轉診單日期已經押好，改了麻煩，連長便叫了一個菜鳥班長陪他去醫院，兩個人換了便服在營區外等了一個多小時公車，太陽很大，但他爽得要死。

那班長菜逼巴，一路上都不敢跟他多說話，問三句只肯答一句，他空講幾句覺得自己像白癡，差點從頭上就給他尻下去，幸好是公車，人多。

軍醫院他常來，他喜歡來，這裡安靜又涼，見血見骨的不多，大多是裝瘋，在營區裡要死要活，送來這裡都乖乖的，這裡的醫官都好眼色，要免當兵是很難，但好好跟他們講，不要製造麻煩，想要幾天假不難。

住兩天，吊了幾管點滴，出院時遇到個好醫官，病假單多簽了一天給他們。銷假要回台南營區，剛走出醫院，他掰說家裡有事，拗班長在台中留一天。班長菜歸菜，不是笨蛋，知道這一天假是賺到的，不置可否的答應他。他就帶班長去釣蝦場，請班長吃了十幾尾蝦，吃完蝦他還想慫恿班長去找女人，可惜班長死活不肯，兩個人鬧得有點僵，最後不了了之。

當晚，他出錢租了一個旅社房間休息，拿鑰匙的時候，櫃檯內將臉色有點怪，他後來才意識到，他們兩個男的開房間。

晚上爭執之後，班長又變回菜逼巴的樣子，一聲不吭。洗完澡後兩個人默默盯著電視看，他轉到鎖碼台，女生唉叫的聲音從電視裡撞出來，他褲頭一拉就打起手槍，那班長嫌惡的翻身躺下，棉被蓋到半頭。

其實他沒什麼癮頭，搓了好一下才硬，射出來之後他就把電視關掉，聲音沒了空間突然大起來。冷氣很強，房間裡光線黃得像尿色，床上棉被都是受潮的霉味，或洨味。

不知道幾百個人在這裡幹過！他想。

班長已經有呼聲，棉被把人吞得剩額頭，他看著那死氣沉沉的頭，想到自己裝瘋裝得那麼辛苦，心裡不爽。他把嘴慢慢靠近班長的臉，最後湊上耳朵冷冷的說「我要自殺！」

班長先是懶懶的「嗯」一聲，隨即像蝦子一樣彈起。

「你卡差不多咧哦！」看見他笑，班長臉色沉下來。

「沒咧？」他不是被嚇大的，這種程度的威嚇連小學時候的陳忠都比不上。

「……」班長脹紅臉瞪他。

睡。

「睏啦！」他笑著說。

兩人拉被子躺下，整晚他都感覺班長身體在顫，他翻個身班長就轉頭看，他感到很爽。

隔天，班長很早就醒，梳洗好了就搖他，要他走了。抬頭看見天亮，想到要回部隊，他翻身又睡。

「起來了！」班長越搖越猛。

「幹，你不要吵哦！」他嘩一下坐起來，指著班長大吼，又躺下去睡，班長沒再搖他。

情緒上來了，雖然眼睛閉著，但他睡意有點退，在床上翻來翻去，終於開口說話，「中午才退房，你是在緊張啥？」

房間很靜，話講出去就飛走了，一點回應都沒有，他睜開眼睛看，班長已經在旁邊沙發坐下來，在看書。窗簾拉一半，日頭正好閃過床，斜去照在班長的書上，書頁白亮刺眼，班長手上像捧著一把火，火光裡他什麼都看不到。

聽說這班長是個大學生。

他有點出神，看了一會兒才翻身躺下。

「時間到了叫我！」

從醫院回部隊後，那些班長就不太敢操他，日子變得涼又涼。

那大學生班長回來後沒多久就被借調去營部連支援文書，一直到退伍，他們沒再交談過一句話。隨著日子推進，身上的迷彩褪色，那班長變得越來越油條滑溜，再沒有當時的菜樣。

但他偶爾會想到那個早上，想到旅社裡的味道，想到班長捧著的那團光，像從父親背上看太陽。

退伍那天他搭一輛野雞車回台中，父親騎著機車到中港交流道口接他，大半年沒見，父親頭髮白不少，大概都沒在剪看起來像豬哥亮的馬桶蓋，外套裡的白汗衫以前穿著鼓鼓的現在看起來像麵粉袋漏了一半。他背著從部隊經理室幹來的黃埔背包，從騎樓下走出來跳上機車後座，父親兩腳杵地還差點跌倒，他失去重心嚇了一跳但心裡隨即閃過一個念頭。

父親老了，腳沒力。

機車剛騎過中港路天橋，在朝馬路前遇到紅綠燈，他叫父親下來換他騎，父親口裡說著不用，但真的跨下機車將把手交給他，那一刻彷彿一種傳承，他感覺到，父親一定也感覺到。

黃埔大背包用勾網帶綁在油箱上，像前面載一個小孩，他小時候就坐過油箱，兩腳踩在橫桿上，讓父親載著一路乘風。

入冬了，夜風又冷又重，回憶裡好舒服。

上後座時，父親咳了幾聲。

回家的路上，就像父親的轉變台中市也變化很大，中港路周邊全是建築中的工地，建築物一座比一座高大，以前在中港路上一眼就看得到的犁棧PUB，現在被還在長高的建築鷹架擋住，連在哪個方向他都有點不確定。父親的老機車一路從中港路滑下來，油門緊得跟處女一樣，他搖搖頭，父親還是不懂保養機車。

過了忠明南路，車流變多，他剛想回頭跟父親講話，眼前右側一棟嶄新的廣三SOGO百貨慢慢移近，正要過八點，百貨公司門楣上的大時鐘熱鬧轉起來，他看得出神，沒注意紅燈，差點撞前面車尾。

「這百貨公司真漂亮，」父親在後座上說，「新開的嗎？」他才想問咧，離開的人可是他。騎過民權路口，將到五權路口時紅燈停下，他發現之前跟李珮紋看到那間KTV不見了。

「燒去了，」父親低聲說，「死了幾十人，新聞播很大你不知道？」

聽父親說他才想起莒光日看新聞好像有看到，但電視像開一個盒子通向另一個世界，新聞裡的事件他總覺得是發生在遙遠的地方，沒注意竟然是在自己知道的地方。看著漆黑一片的建築物，他很難回憶與李珮紋經過時的繁華，浮現出來的片段畫面像假的一樣，那麼大的建築物也抵不過一把火，人類應該到哪裡去才安全呢？

橫向的綠燈在閃，很快就轉黃燈，他腳上用力，打進一檔準備起步。李珮紋跑進他心裡笑一聲，他酸酸的嘆一口氣，起動。

「有人說是有幽靈船來收魂，還沒完咧，要收到一百條人命。」父親的聲音在風裡說著。

「切！」他不屑的哼笑一聲，風吹就散，父親在後面應該是沒聽見。

到五權路口之後轉進成功路一路直走，萬春宮媽祖廟入夜了還有許多人，多是些婆婆媽媽和八大行業的小姐。人多他把車速放慢，一個走入廟裡的身影閃過，他感覺有點熟悉，回頭確認已經不見，車子便繼續往下走。

「你看啥？」父親在後座問。

「沒。」他也不知自己看到什麼。

過第一廣場時他轉頭看那玻璃金字塔，都快九點了第一廣場還是那麼熱鬧，轉角賣錶的攤子廣告越做越大，電子看板閃個不停，像定時炸彈一樣。要是真炸開那就好玩了，他心想。好幾年沒到這附近來，他感覺到是有什麼不一樣了，雖然人還是那麼多，但以前來這裡逛街時總是熱烘烘的，人的溫度很狂很燥，走起路來像泡在血裡，今天騎過，看起來雖然還是那樣熱鬧，風卻好像比較涼一點，吹過來有點食物退冰的味道，沒有人氣。

時間在過，比鬼還猛。

回到家放下行李，父子倆到鎮上藥膳排骨攤吃宵夜，他才發現父親咳嗽不止。

「可能去冷到啦。」父親說完，仰頭喝下藥酒，伸長的脖子皮肉鬆垮，只一顆喉結還硬，滑上滑下咕一聲酒就落喉，低下頭來，連喉結都垮掉。

他想起陳忠。

退伍後一個多禮拜了父親還咳，他才警覺狀況不對，要父親去醫院檢查，父親嘴裡說好，拖著拖著又一個多月。那天正要晚餐，陳忠老爸電話又來，父親拿著話筒唯唯諾諾應答，他一聽就知道。

「他還沒死？」他劈頭就不客氣。

「……」父親沒回答，只是搖頭。

「又送醫院了？」他再問。

父親點頭。

「馬的，自己的兒子都顧不好，三天兩頭推去醫院給別人煩惱。」

「我去一下就回來了，你先吃。」

「你不用去啦，讓他自己付一次錢就知道怕了啦！」

「阿國……」父親望著他，開口又是語重心長。

「好好好，你去，不用再講了。」他揮揮手，不想再談。

「……」父親看著他進入廚房的背影，嘆口氣轉身出門，影子在地上拖得老長、老長。

「只是為何如今我們不顧一切追求真愛堅持底下苦盡甘來你會放棄了我……」

他回到高中仔的釣蝦場去看，還沒到門口就聽見鐵皮屋裡像滾鐵桶一樣的歌聲。走進去一看，釣蝦場現在改得精緻多了，放了幾台投籃機跟電動玩具，旁邊還有投幣式卡拉ＯＫ，一個滿臉青春痘書呆樣子的年輕人剛在台上嘶吼著太傻，姿勢學得一板一眼連頭髮也學巫啟賢中分，但就是高音學不上去，最長的那句歌詞換兩次氣還唱不完，走音破嗓嚴重像巫啟賢的喉嚨被打了兩槍。等巫啟賢終於紅著臉下台，幾個背心刺青的年輕人隨即衝上台搶麥克風，伍佰的浪人情歌在蝦子池上空浮起。他想著高中仔還真跟得上時代，走到櫃台去問才知道，老闆早就換人了。

「前任少年頭家聽說死了。」那站櫃台的沖天金髮少年像講著遙遠的八卦一樣說著。

高中仔死了，聽說是死在女人屁股上，前一刻還爽啊爽啊在女人身體裡搖，搖著搖著人跟屌都軟下來，趴倒在女人背上。兩個人交纏著滾下床，把女人嚇得半死，光溜溜的就衝出汽車旅館大廳叫救命。聽說被抬出來時除了那女人嚇得臉色慘白以外，其餘人都在偷笑，連高中仔自己都一臉微笑。

真幸福。他想。

他想起望高寮上那一夜，地道裡高中仔精瘦蒼白的背。那夜的風那麼舒涼，月光泛白，把高中仔的背連脊椎骨都照亮，長長一排脊椎骨亮得像一條沒有眼睛的蛇，扭動著就要吞食獵物。那時候高中仔有錢有勢有生命有前途，態度硬得刀槍不入，幹得那馬子直叫。

怎麼就軟下來了呢？又不是老人也學人家馬上風。

高中仔才大他不到三歲，怎麼那麼快？怎麼人爽也會死？陳忠被他掐得快死了都還能躺那麼久，怎麼高中仔好好的會走會講話說死就死了？

那陣子他一直想，但一直想不透。

在釣蝦場問到一個老員工，知道高中仔是放在塔裡，帶了兩瓶啤酒跟一條煙上山去看他。高中仔看起來死得很快樂的樣子，罐子上他那張照片根本就是相親用的，能死得這麼爽那死倒也沒什麼好怕的。

給高中仔上了香，把香菸放在供桌上，他拿了啤酒坐在塔前樓梯上喝起來，不知道是久沒喝了還是狀況不好，一罐喝完就有點反胃，另一罐開了就撒到金爐旁邊，顧塔那人從內廳走出來看他，像是要開口制止的樣子，最後還是縮進去沒講話。

「高中仔，酒傷身體你不要飲那麼多，煙那條有夠你呷一陣子吧，有閒再給你送幾條來……噗哧，」他說著說著笑出來，「幹，有才調幹查某幹到爽死，你實在哦……」話說到這裡他就停住，風像要追問什麼而微微的來了，山上日短，氣溫很快降下來，他抬頭看天，擦一擦眼角，吸兩下鼻子就走下樓梯。

說是極樂寶塔其實陰得要死，離開的時候他沒有一點輕鬆的感覺，反而覺得身體變重了，像有一個人站在肩膀上。

他想要到以前的車行當黑手，摩托車騎過去沒想到機車行也倒了，換成一家涮涮鍋，生意挺好。門口原本油汙的地板和樑柱都鋪上新的瓷磚，兩側停放新車的位置都擺上了半人高的盆栽，上面還掛著彩帶鈴鐺，像樹自己就會長出那些東西一樣。

老DT騎到市區太平路逛，發現人潮多得嚇死人，以前沒這麼熱鬧。停好機車走進尊賢街，原來裡面蓋了一座大樓，年輕的學生像螞蟻一樣不斷爬進大樓裡，也不斷從大樓裡爬出來。根本是一座蟻穴。

農曆過年後他在一中街上一家快餐店應徵了廚房助理，當兵的時候在伙房幫過一陣子，料理還熟。工作是不難，但跟廚師相處很難，香港來的講話本來就不很通，對他還疑神疑鬼的，眼神都帶不屑。才工作不到三個月那廚師就被他揍，因為那廚師在他背後跟老闆咬，說他偷東西，領薪水時被扣了一大筆錢他才知道。當晚就跟那香港仔從廚房打到一中街上，正好是下課時間，尊賢大樓外面人多，兩個人纏在一起滾到馬路上才發現被人圍觀，香港仔有點膽怯想收手，但他不爽。剛退伍體力正好，翻兩翻香港仔就被他騎在地上，地上都是選舉的宣傳單，香港仔就躺在那些傳單上面，拜託拜託的印刷字樣像是叫他趕快打。他兩手死掐香港仔紋著一條黑蠍的脖子，那蠍子被他捏在手裡變形扭曲，香港仔手短，伸手摳不到他臉，只抓他上臂，長指甲摳得他滿手血，但他沒在怕，手上力道不減，不到半分鐘香港仔手就垂下來抓他手腕，兩腿直踢。

直到香港仔眼淚冒出來他才突然醒覺，剛鬆手就被人從後面架開，香港仔咳得要吐好不容易才坐起來，幾個人七手八腳把他扶到店門口椅子上。

他低頭看著自己手掌，左右兩隻手掌乍看相似，其實差異很大，掌紋指紋連手指長度都不太一樣。

這雙手一直想殺人。他心裡想。

當晚被隨後趕到的警察帶到警察局裡，香港仔聲音沙啞的在警局裡鬼吼鬼叫，堅持要告他傷害，染一頭金髮，渾身刺青又講粵語，香港仔還沒開口就輸一半，在場的警察都裝聽不懂他講話，冷眼看他在那裡叫囂。後來，一個警察把香港仔帶到小房間裡去聊，半個多小時後出來，香港仔眼睛紅紅的說他願意和解。

瞞著父親遮遮掩掩的上了幾次和解庭，心想沒事了，最後還是被父親發現。

那天，和解通知書被父親帶回來，就像郵差送信。

「又擱按怎？」

「跟人相打。」

「好好的怎麼會相打？」

「好好的當然不會相打，就是有事才相打啊！」

「那，到底是發生了什麼事情？」

「我不想講。」他回答完，從父親手裡抽下那封信轉身進房間，父親的咳嗽聲在房外還不停。

和解官司簡單落幕，香港仔找了幾個人證，還提出驗傷單，要他至少賠三十萬，但法官最後只裁定三萬，敲錘定案。看香港仔出了法庭又氣憤又不敢直視他的表情，他其實想笑。

他以前偷車跟賣毒賺了不少，沒那麼努力花還存了一些，三十萬是付不出來，但三萬塊算小意思。

官司解決後又過了一個月，驚天動地的總統選舉終於結束，當然還是那個萬年總統獲選，關起門來選誰不會。之前要選的時候大陸那邊還故意說要射飛彈，弄得他父親成天就顧那台電視，像沒看到新聞會死一樣，結果選完了還不是沒事！他實在很受不了這些搞政治的人，每天都有不一樣的東西可以講，可是講出來又都一樣，前兩年每個人都在講什麼海基會海協會辜汪會談……講得很有共識，一堆人還在電視上握手笑得很開心，現在只是選個總統又說要打，說要打了又不打，幹，有共識的人會這樣吵來吵去嗎？

兩邊的人都一樣。

退伍快半年了他還閒在家裡，每天不是騎摩托車出去市區晃，就是在門前洗車。市區的變化很大，第一廣場感覺不像以前那麼好逛了，連帶綠川西街上一排店家都換了，傳言說幽靈船開到第一廣場來了。一次他走路在綠川上閒晃，發現木船民歌餐廳旁邊變成一家大型電動玩具店，裡面的電動現在他都不會玩了。電動玩具店對面的堤岸就是他和李珮紋吵架的地方，現在在施工，公車亭跟椅子都撤掉了，光禿禿一片。綠川東街上的漫畫王倒了，走到台中路口一看，連台中路上的麥當勞也倒了，變成一家銀行，倒是松寶運動用品店生意很好，在銀行旁邊又開了一家分店。他在松寶門口試偷一部50cc機車，喀啦兩下還是輕鬆發動，他騎去繞了火車站一圈又騎回來放著，剛好從店裡面走出來一對情侶，看他正停好車，問他為什麼牽他們的機車，他露出一臉兇狠樣，說他們的機車擋了他的車，沒給他們輪胎洩氣已經很客氣，小情侶嚇得跳上機車騎走。

忍了幾個月，這一天回到家，父親終於開口。

「你有什麼打算？」父親說。

「沒，還在看。」

「工業區朱先生他們家的傢俱工廠欠作業員，你要不要去試試？」

「不要。」他說。

「那你想要做什麼呢？」父親追問。

「我不是說了還在想！」

「那你要想到什麼時候？」

「我不知道啦！」

「阿國，你大漢了，爸爸老了，我們家需要你幫忙賺錢。」父親語氣又溫下來。

「……」他沒反應，他確實很理虧。

「爸爸的身體不行了，等爸爸沒辦法賺錢的時候，你同學那條錢還是得由你來擔啊。」

「是要擔什麼啦。」父親說這些話令他又心疼又心煩。
「如果爸爸比陳忠還早走，那……」父親有點說不下去。
「那就不要再給他們家錢就好啦。」他毫不在意說。
「……」父親停頓，似乎在思考，隨即回說，「你明知道不可能。」
「為什麼不可能？」他說，「從小到大你已經給他們家多少錢了？」
「……」父親沉默。
「多少錢你講啊！幹！明明是我的事情，你幹嘛要去跟他們下跪認錯，你幹嘛要每年過年都給他們錢！」父親聽他說，驚訝的抬頭望著他。
「你不要以為我不知道你每年都給他們家錢。」他再說。
「……」父親兩眼顫抖，仍然說不出話。
「你幹嘛不講話，你可不可以為你自己講講話！幹！」他說完，空氣凝結。
「阿國，」父親很艱難的說出口，「你知道你把陳忠的一生毀了，人家來跟我們討回去是天公地道的。」
「我沒掐他他一生也是匪類啦！」他說。
「阿國，我知道是我虧欠你們。」父親突然感性，眼眶含淚。
「虧欠什……」他開口，隨即被父親打斷。

「你聽我說，我很想為你們彌補什麼回來，我很拚命在做，但我發現這樣不夠，我需要你的幫忙。」

「你是在講啥啦！」

「你剛才說，你知道我每年要給他們一條錢……一個月一萬，一年……十二萬，」父親像氣力放盡一樣虛弱的說出來，「還有，他臨時狀況要住院的醫藥費也得我出，這是和解條件。」

「幹！你是起肖哦！」聽到父親說，他腦子轟一聲炸開，他終於知道當初父親離開醫院時為什麼臉色如此沉重，終於知道為什麼父親當郵差鐵飯碗會當到他們家那麼窮，他知道父親每年會偷偷給他們錢，他以為那是父親軟心腸，給心安的，他不知道這是白紙黑字不得不給的條約。

「你知道他們家是什麼樣子，他老爸不是那麼好應付的。」父親說。

「那時候你還那麼小，不答應他們這樣的條件，那你就……」父親紊亂的說著，「由我跟他們和解好，他們就不會纏著你，不纏著你，就不會去誤到你的人生。」父親說話的樣子像到了什麼陌生的餐廳，不好意思開口點菜的樣子。

「那，你的人生呢？」他又氣又疼，向前往父親走近一步。

「我沒要緊啦，只要你……」父親表情鬆下來，鼻頭都紅。

他看著父親，他不知道是哪一種感情可以讓一個人不顧自己只為別人。從小到大，每一票朋友好的時候都說兩肋插刀，遇到事情哪個不是跑得像飛，陳忠被他掐在手裡那時候，那票跟班還不是一個一個不見蛋，有誰願意死自己去讓別人活！
他突然想到那個帶老師來的膽小孩子。
如果他不要去找老師來……
他從來不相信自我犧牲這件事，否則，為什麼母親要離家！
「你別在那裡沒要緊，你這樣我就要欠你一輩子，對我有比較好嗎？」他又恢復一臉不在乎的表情，站起來回答父親。
父親坐在椅子上抬頭望他，一頭灰髮後倒，一下子回不出話來。
天氣回暖，日頭落山了氣溫還高，熱得有點不太正常。
「我真正不知去哪裡造了孽，怎麼就會去生到這種的呢？」父親低頭喃喃自語，但聲音不小，「當初要是……」
「當初按怎？當初如果生下來就把我捏死是不是？」他截斷父親的話。其實每句話說出口他都後悔，但聽了父親的說詞他每句話都吞不下去，為什麼他生下來就要被呵護，為什麼父親要讓他覺得欠很多，為什麼這世界每個人都要吃定別人，為什麼這一切都要他一個人承擔？
父親聽他說到捏死，氣得站起來，但站得不穩差點跌倒。伸手就要掐他脖子，他退兩步警告。
「我告訴你哦，掐人脖子恁爸專門的，我不動你你是不要自己找死哦。」父子倆都紅了眼，把關心講得像不共戴天。

「你給恁爸死出去，死出去，幹破你娘咧！」父親少見的失去修養。

「幹！出去就出去，這厝窮得快給鬼抓去，你以為我在愛住哦！」他衝進房裡隨便收拾，從衣櫃底層抓起一包塑膠袋，隨即轉身衝出門。「好膽你就不要再給我回來！」父親站在客廳等他收拾，在他衝出門的一刻才放話，話裡的狠是一種請求，但他已經火遮眼，機車一踩往黑暗裡去。遠處街燈把他身影最後一次放亮，父親站在門口望，嗚嗚嗚的哭出來，像夜裡的風。

章節 05

丁國棟

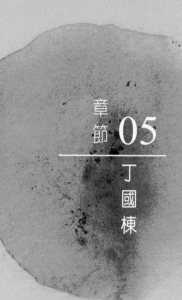

除了陳忠他父母，第一次有大人在我面前哭，是丁哲修的爸爸。

這一年我國小六年級，剛過完農曆年，下學期才開始，這是小學的最後一個學期，過完這個學期就畢業了，畢業後我就再也不是兒童了。雖然自從五年級掐了陳忠之後，我就等於沒有童年了，但因為可以離開小學，離開這群每天把我當凶神惡煞，總是找機會整我的老師們，我還是感覺到很興奮。

因為越來越開心，所以，也就更常出差錯。

那一天，導師又把我叫到辦公室，我很常被叫進辦公室，剛開始去還會心虛心虛的，到後來根本沒在怕，那些老師們不是打罵就是裝得一副很關心你的樣子，但不管怎麼對我，那時的我根本都不在意了。唯一還讓我感覺到害怕的，就是那天幫我敷藥的體育老師，他狠狠的罵那一聲，我大概永遠不會忘記。還好他是體育老師，通常都在體育器材室，不常進教師辦公室來。可偏偏當天他就在，原本我還屌兒郎當跟在導師後面走，一進門看到他坐在老師們休息的沙發上，心裡還沒開始怕，手腳就先收斂起來，低下頭跟著走，希望他沒看見我。當然不可能，當導師氣騰騰的把我帶進辦公室那一刻，其他老師早就全都像蒼蠅看到大便一樣飛過來了。

「洪維國，你又怎麼啦？」果然，又是根本不可能回答的問題，為什麼大人一定要我們把自己的錯再講一次呢！這倒底是關心還是懲罰？

況且，我哪知道自己怎麼了，每次被叫進辦公室我都不知道我又怎麼了。

「偷東西啊他。」導師又是一臉哀怨的樣子，說完話吐了一口大氣，好像是再也受不了的樣子。她不是我五年級的導師，那個導師對我還不錯，在發生那件事之後還是讓我坐在黃文心旁邊，沒有馬上把我調到後面的座位去，雖然沒有持續很久，在另一個打架事件之後，我就被調到最遠的後門角落；最靠近垃圾桶的位置那裡去了。

那個導師帶完我們那個學期就離開學校了，升上六年級之後，半年之內我們班換了三個老師，到了六年級下學期才換來這位姓謝的女導師。開學第一天放學後，他就把我叫到教師辦公室，輕聲細語的對我說，她知道我是個好學生，只是犯了一次自己也沒辦法彌補的過錯才會這樣的，她說她知道我的內心很害怕，她希望可以更瞭解我，讓我知道自己長大可以當個有用的人，她覺得在她的教導下，我一定有機會變好的。

那次我差點哭，真的差一點就哭出來了。從五年級一路混到六年級，在老師們努力的打罵之下，我知道自己早就沒救，當總統科學家醫生老師這種志願早就沒在想，每天被老師疲勞轟炸，腦子想的都是要讓自己快樂一點，明天要玩什麼、誰惹了我就揍他，從來沒有思考超過一個禮拜遠的事情。

但是謝老師說我「長大」可以當個有用的人，讓我一下子好像看到自己長大的樣子，我不知道什麼樣的人長大才有用，但她的語氣跟肯定，真的讓我眼淚差點掉下來。

「我……我沒有……」我當然反駁，我連我偷了誰的東西都不知道。

結果，整個小學時候打罵我最兇的老師就她，老師說的話真的都不能聽。

「還敢說沒有！」我才回一句而已，謝老師馬上乩童上身，暴跳起來，「洪維國，虧我這麼用心對你，你能不能有一次誠實的承認自己做的事情！」

「我就沒有啊，我偷了誰的東西？」

「你自己偷了什麼東西自己會不知道？」聽了謝老師的話，我也生氣起來。我很好奇大人的腦筋是不是都打結的，為什麼只是差點掐死一個人而已，就變成偷東西說謊破壞公物蹺課打架什麼狗屁倒灶的事情都要賴在我頭上。

「我沒有偷東西我沒有偷東西我沒有偷東西！」我氣得不知道要怎麼回答。其實那時候我真的恨自己不會講話；恨自己還那麼小，要是我大一點，講不贏至少就可以打回去。掐過陳忠以後，打人對我來說變得很容易，比講道理有效率多了。

「那個誰，來，」謝老師隨手揮來旁邊抄課表的學生，「你去幫我叫一下六年六班的黃文心來。」

竟然是黃文心！我心裡震一下。

「愛狡辯，等一下叫同學來對質看你還說不說得出話！去那邊站著！」謝老師坐到自己的桌子前面喝茶，旁邊幾個老師圍上去跟她窸窸窣窣講話，只要稍微罵到跟我相關的話，他們就故意罵得很大聲。

我站到辦公室靠門口圍牆那面的窗邊，跟那時候站的位置差不多，也是面對著校外的方向。快要春天了，天氣濕濕涼涼的，圍牆邊一排大王椰子樹跟我一樣僵硬的站著，樹葉枯黃稀疏，有些大概快掉了，整個外翻垂在樹幹上，看起來就像一堆老人站在那裡。

「報告！」

如果我老了，還能像這些樹這樣，站得直挺挺的，那就很厲害了。

「洪維國！」

如果，我可以跟其中一棵樹交換……

「洪維國，」謝老師大聲喊著，全辦公室的老師都轉過頭來看，「哦，我會昏倒，被罰站竟然還在發呆，你到底有沒有羞恥心啊你？過來！」

「……」我直直的走過去，黃文心低著頭站在老師旁邊，兩隻手放在身體兩側，緊緊捏著自己的裙子，看起來也很緊張。

看到黃文心這樣子，我突然有一點罪惡感。

「黃文心妳說，他偷了妳什麼東西？」謝老師非常大聲的問黃文心，好像她才是犯人。

「那個……」黃文心吞吞吐吐的說，「信。」

「什麼信？」老師又大聲的問。我心裡也有一樣的問題。

「朋……朋友給我的信。」

「什麼時候偷的？」謝老師繼續問。

「很久了。」

「很久了？」謝老師提高聲調，兩個原本在改作業的老師終於忍不住好奇站起來往這邊走，「很久了，為什麼妳現在才來跟老師報告？」

「……」黃文心抬起頭看向老師，但其實眼睛斜斜的瞄我，老師們跟著她的眼神看向我，我心跳一陣加快，除了怕，大概也知道是怎麼回事了。

「妳不要怕，老師在這裡他不敢怎麼樣！」老師輕聲細語的安慰黃文心，像是要哄小孩吃藥的爸媽，「你給我站好！」但隨即用爆炸似的聲音吼我。

又是這句話，又把我嚇了一大跳，那時候體育老師也是吼我這句，每個人都叫我站好，要怎樣才是站好？像樹一樣嗎？我明明就站好好的，為什麼要這樣嚇人。

被老師一嚇我的頭皮整個冒汗，感覺像要長出刺。

「來，妳告訴老師。」

「從四年級開始，他都會偷翻我的抽屜，有時候會偷我的東西吃，有時候他，他就會偷我的信……」黃文心邊說邊瞄我，眼神看起來很冷淡。

「我沒有！那是她自己……」沒等她說完我就大喊。

「你給我安……」謝老師話還沒講完，我的頭就被一巴掌打歪，差點跌到地上去，旁邊幾個女老師尖叫出聲，我回頭一看，體育老師直挺挺站在我左後，一隻手還維持剛剛搧過我腦袋的角度，而且馬上又動。

「你這不學好的死小孩，跟老師講話沒大沒小的！」體育老師一邊說一邊打，我舉手縮頭躲他，但他畢竟是大人，我的頭、脖子、後背都結結實實的吃他巴掌，痛得像一顆炸彈從裡面炸出來。旁邊幾個女老師小小聲的制止，根本就沒有要幫我的意思。我想躲到老師辦公桌後面，體育老師大概看出來，一腳就踢到我右側屁股，力道之大我整個人失去平衡往左側滾去，撞向角落的鐵櫃，幾本書像被槍打到的鳥，掉到我腳上。

我坐在地上，看著腳邊那幾本躺得亂七八糟的書，腦袋裡「滋」一下像水滴到火裡面的聲音，突然就壯起膽子來。

「你們不要每次都針對我！」我抓起地上隨便一本書就往體育老師那邊砸去，所有站在我對面的老師全都像踩到狗屎一樣跳開，體育老師大概體能好，跳最遠。我吼完丟完，往老師辦公桌踢一腳就往辦公室另一頭出口跑去，幾個老師不是老就是胖，我都衝到門口了，有的還沒起身。

在辦公室裡面明明感覺也很亮，但衝出辦公室時眼睛依然有點睜不開，太陽的光線真的太強了！我像剛睡醒一樣，眼睛眨了好幾下才適應戶外的光線，才早上九點多，空氣都還有露水的味道，我莫名其妙在走廊上跑，跑過中廊繼續往操場衝去，陽光暖暖的但空氣涼涼的，我感覺呼吸的空氣裡有心跳的聲音，我緊張得想要飛，腳就越跑越快，直到側門。

三年級以前我還能從側門的門縫裡鑽進鑽出，現在我長得太大了，怎麼擠都擠不過。我緊緊抓著欄杆看著外面，外面是一條大馬路，馬路灰灰的像狗身上得了皮膚病。馬路對面是一排住家，快中午的時候其中兩家會把攤子擺出來賣炒麵和飲料，雖然學校禁止但還是有很多學生會偷偷跑來這裡買。

但現在都沒人，只有幾輛車從馬路上閃過。

我回頭看，好幾個老師已經從中廊跑出來，在那裡東張西望，體育老師第一個看到我，舉手指過來，所有的老師便都一起跑。

我不想變這樣，雖然我不喜歡上課，但我不想變這樣，我很想哭，我的手心都是汗。我邊哭邊往上爬，手掌整個都是欄杆的紅色，連卡其色的制服上面都沾到了，爬到上面我跨坐在欄杆上，體育老師已經衝過大半個操場，我看到了他臉上的表情。

「洪維國你不要跑！」

我只好跑了。

衝出學校，我還跑了很久，在小鎮裡拐來拐去，怕被老師追上，一直衝到小鎮邊緣的河堤。河堤左側是通往山上的橋，我沒有過橋，我慢慢的翻過河堤，衝下河床，鑽進河床的草叢裡。

這條橋，叫一江橋，幾年前死過人。一個還沒上小學的孩子，是河邊一排違建鐵皮屋裡某戶人家的小孩，一個人跑下河裡玩，家人在上面看著，一個不注意就不見人影。找到的時候全身光溜溜的，一隻腳卡在石縫裡，已經泡水泡到快爛掉了。

我在草叢裡鑽，最後在一江橋下發現一個涵洞，一衝進涵洞我整個人軟下來，喘氣喘得要虛脫。等呼吸稍微順一些，我才發現涵洞裡有幾支蠟燭和一些塑膠袋、泡麵盒、便當盒和一團一團的衛生紙，我覺得有點噁心，走出來，卻不知道要去哪裡。我想回家，又怕老師他們跑去我家抄人，想來想去，最後又躲回去涵洞。

涵洞裡有點冷，一些食物殘渣的味道又很臭，我坐在靠近洞口的地方，可以看見橋上的動靜，也比較不那麼臭。

冷靜下來後，我才發現自己滿頭汗，用袖子擦了又冒出來，連續擦了幾次才比較乾燥。擦汗的時候發現右腰有點痛，把皮帶解開褲子拉下來，整個右邊屁股全都瘀青，體育老師還真狠。

但是，最狠的是黃文心，我幫她這麼多次忙，她竟然誣賴我。

在那之前，我一直以為黃文心最後一定會愛上我。在重新回到學校上課之後，她雖然處處表現出很怕我的樣子，但月考過後我發現她好像開心很多，大概是因為那次我考了第十二名吧。

有個八班的胖子一直纏著她，每天塞情書到她書桌。那時候我已經沒有跟她坐在一起，是有一天她自己跑來告訴我，還把情書給我看。她要我幫她去跟那個胖子說一下，叫他不要再塞情書給他。

她拜託我的時候表情可憐得要死，我二話不說就答應，第二節下課找了幾個人去八班找那胖子，沒想到那胖子也有很多朋友，雙方在他們教室就吵了起來，直到上課鐘響，我們互嗆放學後在後門籃球場單挑。

放學後，那胖子很早就到了，他找了五、六個人在那裡等我，我一看到他們就笑了出來，因為我找了至少二十個人來。

神經病，誰跟他單挑。

他們幾個人縮在那裡動都不敢動，我把胖子叫過來。站近一看，這胖子跟那時候陳忠還有點像，眼神裡都是悲哀的顏色。

「看啥小！」我一吼，他眼珠馬上轉走，垂頭看著地上。

看他這樣，我突然有點不想再傷害那眼神，便盯著他脖子看，他冒汗，滿脖子都亮。

這次，我沒掐他脖子，他也是乖乖的。

「我告訴你哦，你不要再寫這些骯髒的東西給我們班黃文心了哦，」我把黃文心給我的一些信拿出來打他臉，然後學電影裡的黑社會的語氣講話，「還有，以後沒事不要從我們班過去哦，不然看到一次就打一次。」

他嚇得話都講不出來，只是一直點頭，我把信砸到他頭上轉頭就走了。

現在想起來，我砸到胖子頭上那些信，大概就是黃文心跟老師告狀說我偷的那些吧。

「幹！」

早上吃早餐還好好的，沒想到現在竟然逃學，雖然學校老師沒一個滿意我的，但我從來沒逃學過，現在逃出來了，也不知道要幹嘛。才國小就在逃學，我看我一輩子真的完蛋了。我低頭看看身上的制服，這個時間穿這樣跑到哪裡都會被問，真麻煩。

事情都想不出解答，我呆呆的坐在涵洞裡，眼睛從涵洞裡望出去，雖然天亮亮的，但我不太敢直視河裡，很怕看到腐爛的屍體。涵洞裡有股風一直灌進來，早上跑那麼遠，體力用太兇，現在坐著坐著有點想睡覺，而且肚子也有點餓。我身上沒有半毛錢，這裡卻讓我毛毛的，想來想去最後還是決定回家，至少有吃的，還可以睡覺，至於逃學的事情，反正父親還沒下班回來也還不知道，等他回家再說了。

做好決定，我便走出涵洞，爬上河堤，一爬上河堤我就發現他了。

他穿著淺到發白的藍色襯衫，杵著一隻拐杖，身上背著一個小包包，頭上戴著一個像阿兵哥戴的帽子，一路往一江橋方向走過去，走路的速度還不慢，跟他以前上班的時候差不多，一點不像生過病的樣子。

那時候我還不認識丁哲修，但他爸爸全小鎮沒人不認識。大家都知道他生病的事情，也知道他在農曆年前就退休了。他退休跟失蹤了沒兩樣，鎮上幾乎看不到他，以前每天早上固定會看到他提著公事包上班的身影，一下子不見了，我們這些小孩子還有點不適應。每個孩子都在猜他到底怎麼了，大人們也許知道，但從來不說。

我以為他死了。

所以，在河堤上看見他，我感到非常意外，並且決定跟著他。

他從河堤走上一江橋，沿著橋上的人行道走，一路走到對岸去。走在橋面上讓我很緊張，畢竟我穿著學校制服。還好，沒人停下來攔我。跟著他走到對岸，過了馬路就是山路，走上斜坡，他生病的樣子就出來了，身體看起來很虛弱，走沒兩分鐘就要停下來休息，我跟著他走了幾分鐘，最後，他從一條小路彎走，我跟了過去，看到一個竹林，竹林地上長滿雜草，路很小，幾乎沒有路，他用拐杖開路，慢慢的走進去。走過竹林後，是一個墳墓，墳墓再過去是幾棵荔枝樹。那墳墓的墓碑很新，四周圍的草也都很整齊，應該是剛剛才蓋好的墳墓。

我站在小路的路口，看他走到竹林深處去，他的身影只剩下縫隙之間看得到，我就蹲在草叢後面看他，他的藍色襯衫在深綠色的竹林裡忽隱忽現的，看不太清楚，但我不敢再進去了，我們鎮上的小孩都怕他。雖然他生過病，看起來也很老了，但我還是有點怕。

他是一個長得很高的老人，直挺挺的站在那個墳墓前面，墳墓看起來像一隻大烏龜。他這樣站了好一下，整個竹林靜悄悄的，只有風吹過時竹葉發出的聲音和偶爾竹節互撞「叩」的一聲。我覺得有點無聊正想走，剛好看到他把身上斜背的背包打開，拿出裡面的一瓶酒和一個便當盒。他把酒瓶打開，撒一些到地上，再打開便當盒，那是一個雞腿便當，炸雞腿的味道真香，我肚子好餓。

他把酒和便當都整齊放在墓碑前面的地上，再從背包裡拿出一把香，點燃之後對著墳墓祭拜。插了香，他緩緩的盤腿坐在墳墓前面，拿起那瓶酒對著瓶口喝起來。我看他這樣喝，遠遠的聞到酒的味道，肚子更餓。

喝了幾口酒，他好像有點興奮，竟然唱起歌來，那歌我沒聽過，有點像附近軍營的軍人在唱的歌。他一邊喝酒一邊唱歌，歌聲越來越大聲，要不是這是山腳邊的竹林，聲音不太傳得出去，他一定會被附近的人罵。

我低頭看手錶，已經快十一點了，氣溫有點暖起來，陽光越來越強，抬頭看他，他剛從包包裡拿出一本比身分證大一點的小筆記本，低頭在那裡看。邊看那小本子他邊對著墳墓自言自語，聲音忽高忽低的，邊說話還邊喝酒。說著說著他突然就哭起來，聲音很大，像驢子一樣，把我嚇了一跳。他越哭越兇，眼淚鼻涕都跑出來，襯衫的長袖子不停往臉上擦，擦了就往地上甩，或直接抹到旁邊的竹枝上。真奇怪他原來是這樣的，以前完全看不出來。哭到一半，他像想到什麼，撐著拐杖站起來，急急的走到旁邊草叢，低頭拉鍊一拉，一道水柱從他胯間射出。

這樣的人，平時這麼嚴肅，我們連看他眼睛都不敢，現在竟然隨地掏出來就尿了，一點也不怕人看的樣子，我都看見他的毛了。

我突然想起他老婆顧在雜貨店門口的樣子。

剛唸小學的時候很常缺文具和作業本，三天兩頭就要到雜貨店去補買。

記得第一次還是母親帶我去的。

當母親牽著才剛唸小一的我走進雜貨店時，那女人沒跟母親打招呼，因為店裡還有三個老男人纏著她問東問西的。她只能在糾纏中抬頭看一眼來客，看見是我，她眼睛微微彎成笑的意思，那不是我第一次看見她，每次看見我她都會這樣笑，她對每個小孩都這樣笑。

那不是要你去買東西的笑，也不是要你別進來的笑。

我喜歡那樣的笑。

但是，當她的眼神與母親對上時，那笑又變成雜貨店老闆娘的笑了。母親和那女人是不講話的，頂多打個招呼，兩人總是能俐落的完成交易，一手交錢一手交貨，不攀談。

就算當時我還那麼小，也能感覺到她們各自在對方的眼裡，都是刺。

「叫人。」母親眼睛看進店裡，嘴裡冷冷的說。

店裡幾個人同時停下來看我，我看著母親，手心冒出汗來。

「免啦，」一個老阿伯開口說，「又不是不熟識，叫來叫去，是欲叫乎老哦！」他是巷子鄰居，老單身，時間很多，事情也管很多。

「弟弟，你已經讀一年級了嗎？」雜貨店老闆娘從櫃檯裡彎腰貼近我，她穿襯衫，領口緊得可以切斷脖子，但幾個男人視線還是射向她胸口。

我記得我沒回答，只是瞪大眼睛看著她。

「嗯，剛讀，有國語作業本嗎？」母親代我回答，眼睛盯著貨架。

「有，在靠牆那邊走道，作業本都在那裡。」老闆娘的聲音依然帶笑。

「還有膠水。」

「膠水嗎？膠水我來拿。」

買了國語作業本和膠水之後，母親就跑了，我連她哪一天跑掉的都有點忘記，只記得她沒再帶我上雜貨店。

「拜拜。」母親牽著我離去前，她還對著我笑。

其實她年紀比母親大一些，只是因為笑。

這樣一個溫柔的女人是這老男人的老婆，我幾乎不曾看過他們手牽手，她會摸他的那裡嗎？不知道他們是怎麼相幹的。

很小的時候，我看過父親和母親，兩個人脫光光黏在一起，像雙胞胎一樣，他們很安靜，但是都死命的揉捏對方，兩個人嘴巴都張很大，臉上的表情看起來非常痛苦。

記得那時候我怕得要命，好像還哭了。

他們黏在一起的地方，很醜。

很恐怖。

他抖了一下，把東西隨便塞進褲子裡，連拉鍊都沒有拉，伸手就去抓拐杖。

這個人完全不像我認識的樣子，他老婆知道他來這裡嗎？他老婆看過他這樣嗎？不知道在我沒看到的地方，父親是不是也是另外一個樣子？他以前很好笑，但現在無聊得要命，他自己一個人的時候也會笑嗎？還是一樣無聊？

尿過以後，他又表情嚴肅的走到墳前，嘴裡喃喃有詞，五官不時皺在一起，顯得很痛苦。跟墳墓講完話，他頭與雙肩同時垂下，嘆了一口氣，隨即伸手到背包裡去摸，摸出一團童軍繩，把背包與拐杖丟下，就往竹林更深處的荔枝樹走過去。

我心裡打一陣雷，閃電一閃一閃的亮出一些畫面，鐘擺鞦韆項鏈領帶長長的舌頭瞪大的眼睛抖動的腳，像電影或電視或哪個漫畫的內容，現在竟然讓我看到這個，我該怎麼辦？

他往竹林深處去，身影幾乎被綠色竹枝掩沒，我移動躲藏的位置，持續盯著他。他緩緩的走，走得很堅定，像是真的知道往前走會走到哪裡，我不知道，我不知道該不該現身，我不知道他會不會拖我一起，但是我一直盯著他沒辦法離開，我一直在抖。

他走到一棵荔枝樹前面停住，抬頭看，荔枝樹在動，風輕輕的吹過，這棵荔枝樹的葉子很茂密，動起來很壯觀，每片葉子都在搖頭，但要是放遠一點看，整棵樹看起來其實在點頭。穿透竹林的一點陽光被荔枝葉反射，像一顆閃爍的綠色大寶石，或很深的水。

他盯著荔枝樹深處看很久，動也不動，他又恢復成平常早上看到的樣子，嚴肅又神祕，但他手上握著一綑童軍繩，那繩子很白，應該是新買的。他把童軍繩舉到眼前，看著那繩子，隨即鬆手，讓一端往地上垂，繩子很長，垂到地上後還積成一團，他抓起手上那一端開始打結。他看起來很虛弱，走路的樣子也很衰老，但打起繩結來卻很俐落，只看見他手肘舉起又放下幾次，很快就打好一個繩圈，底下的繩結很大一坨。他抓住繩結拉一拉長的一端，把繩圈放大縮小幾次之後，又靜止不動了好久。

當繩圈套上他脖子那一瞬，我真的很想大喊。我不知道自己會看到什麼程度，我心裡非常害怕，掐陳忠那時候是有點失去理智了，但現在我是一個旁觀者，我有很大的機會可以救他，但是我卻比那時候更怕。

他抓起地上那截繩頭，抬頭往樹上看，葉子的暗影一斑一斑蓋在他臉上，樹一動也不動，像等著他來死。

幹，樹也能殺人！我早上還希望自己老的時候變成樹！

太陽有點大，竹林裡開始有亂七八糟的味道冒出來，幾隻小黑蚊在他身邊飛來飛去。

「啪」一聲，他打自己一巴掌，手上有血。

他看著那血又發呆起來，外面有幾輛砂石車開過去，震得連這裡面的樹都搖，他把手上的血往樹幹上抹，然後轉頭看向我這裡，我趕緊把身體縮起來，全身唰一聲冒出汗來。接著就聽見腳步踩破樹葉的聲音，他往這邊走過來了，還好，走到墳墓前他又停住。我從草叢縫隙中偷看，看不出什麼來，只隱約感覺他似乎跪下來，隨即放聲大哭。

趁他哭，我慢慢的往後移動，躲到一個比較隱密的草叢裡。仔細一看，原來他抱著那墓碑在哭，白得亮眼的童軍繩還掛在他脖子上，繩頭遠遠的拖在地上。這次我稍微聽出來，他不停喊著「不去了……回……對不起……不起……」哭過之後，他站起來把脖子上的繩圈拿下來，走到荔枝樹前面，把繩圈掛在那上面，繩頭長長的垂到地面，像掛著一條蛇。

掛好繩圈，他又走回墳墓這邊，大聲說著，「老劉，我老丁是個孬包，我剛剛死過了，沒死成，你在那邊就甭等我了，先投胎去吧。」隨即彎下腰拿起酒瓶全部倒在地上，酒味整個充斥在竹林裡。

這時我突然想到，應該是生病的關係，他才會跟平常完全不一樣，連講話的聲音都變了，聽起來像舌頭歪掉。

倒完酒，他把酒瓶往林子深處丟去，背起背包，撿起拐杖，穩穩的從我旁邊走過去。看著他背影在林子外面的陽光裡縮小，我鬆了一口氣，那時候我那麼小，總覺得還好人沒死，會自己選擇死的人真的很勇敢，很久以後我才知道，在很多情況下，選擇活著需要更大的勇氣。

等他走後，我才從草叢跳出來，衝到墳墓前面，拿起便當盒裡的雞腿就咬，沒有筷子，我也用手亂扒，很快把便當吃個精光。

等肚子飽了，眼睛才有餘光，我看見墓碑上剛剛他留在上面的鼻涕眼淚，讓大理石墓碑更光亮。墓碑上刻的字很潦草，剛剛聽他說躺在裡面的人姓劉，否則我根本看不出來。

吃完便當後，我隨手把便當盒丟地上，拍拍屁股原本要走了，看見荔枝樹下那條閃著白光的繩子，我好奇的走過去看。

繩子是新的沒錯，他為了這件事還特地去買一條新的繩子。

繩圈掛在比我還高的樹枝上，繩結落下來在我眼前，繩子比樹高，還攤了一大段在地上。風吹著樹葉殺殺殺的響，繩子也稍微搖晃，但因為下端不是懸空的，風不太吹得動。

我看著那繩結，打得真漂亮，這要是真的掛上去，一定怎麼掙扎也不會散開。我摸著那繩結，輕輕的把繩圈往自己靠近，伸長脖子把頭往繩圈裡鑽，當繩子接觸到喉嚨那一刻，我吞了一口口水，腦子裡浮起陳忠的臉。

我把繩子解了下來。

離開竹林，已經快一點了，太陽是暖暖的，但風依然涼。我沒走橋上，從河堤鑽進河床裡，沿著河邊往回家的方向走。

回到家門前，我躲在巷子口觀察了好久，確定沒有人了才衝過去開門。

「碰」一聲，終於回到家。

我跑去洗了手洗了臉，換下身上的髒制服之後，躺到床上去看漫畫，看了幾頁就打哈欠，便閉上眼睛躺下來，很快就有夢境找過來，我眼睛陡然睜大，突然想起在竹林撿到的東西，馬上彈起來，到浴室裡翻制服口袋，然後再躺回床上。

那不是筆記本，只是一個摺頁的證件，封面是藍色的，有一個像國旗一樣的太陽徽章，徽章底下寫著「中國國民黨黨員證書」，翻開裡面沒有頁面，就兩邊，一邊是姓名資料和照片，一邊蓋一個紅色的大印章，底下寫「中國國民黨中央委員會頒發」。這證書很舊了，封面的藍色有很多斑駁，角落都起毛邊了，裡面那張照片是黑白的，看上去是他年輕時的照片，長得還蠻好看的，但臉上的表情幾百年不變。

照片下面有名字，叫做「丁國棟」

我剛拿到厚厚的還以為是錢包，檢查了一下確定只是一張證書，整個洩氣，坐起身把它丟到書桌上，便躺下來睡。眼睛一閉就有夢，夢見我長大了，去打仗，殺共匪殺倭奴連我媽都殺了，陳忠不用講一定是反派，被我射了幾槍不死，還躺在床上睡覺，我一氣跳起來要上他床，身體抖一下，醒了。

四周一片黑，已經晚上了，我腦筋一時沒轉過來，翻身下床就往門外去，喇叭鎖轉開了才想起我逃學，但門已經推開。奇怪的是，門外也沒燈沒聲，我走去打開電燈，發現父親回來過，他的綠色郵差背包丟在藤椅上。還在奇怪，熟悉的摩托車聲音咚咚咚鑽進巷子，接著燈一閃一滅，摩托車聲音就停了。

門緩緩的打開，父親站在門口盯著我看，我站在餐桌旁邊也呆呆看著他，這時候我才真的感覺到害怕。雖然從陳忠的事情之後我成績不再那麼好，在學校也一直被老師寫聯絡簿告狀，但我總是乖乖的去學校，認為這是天經地義的事情，從來沒有過蹺課的念頭。結果搞成這樣，不只蹺課，根本就逃學，那時候的我覺得這簡直跟自殺沒兩樣，心裡的念頭都是死定了死定了。

那短短的時刻裡，我不知道父親會怎麼反應，我真的是挫咧等。對視了一會兒，父親以正常的步伐走進來，但我看見他胸膛起伏很大，應該是很生氣。紗門「碰」一聲關上，還彈了兩下。

「你過來。」父親坐下後向我招手，我不敢過去，但還是乖乖的走過去，那時候的父親，對我來說還非常巨大，他不是我長大後認識的爛好人，他那時還是一個非常有威嚴的父親，簡直是超人。

而我，是反派。

我走到約莫父親手可以揮到的距離就不再敢靠近，但我這舉動似乎讓他更生氣，他睜大了眼睛瞪著我，呼吸粗得鼻孔都快掀開。

「是按怎？」他低沉的問。

「……」我不知道該怎麼回答，我不知道他問的是蹺課還是偷東西。

「不講是不是？」

「我……」那一刻我真怕父親，怎麼樣也想辦法擠出話，「我偷東西。」

「偷東西就可以打老師？」父親大聲起來，「偷東西就可以逃學？」

「我……」原來父親都知道了，那些老師真厲害，只是拿書丟就變成打，怎麼不說他們打我那麼慘！

「你為什麼會那麼卸世卸眾啊你！」父親伸手戳我額頭，把我頭都戳歪，「讀書讀到逃學，你嘛真會！」

我又怕又氣，想要開口辯解，但腦海裡一直想起中午竹林裡看見的畫面，那老人的身影像是父親，孤單的掛在那裡，而我卻選擇旁觀。

「……」我沒講話，長大的世界真的很難懂，我不知道該說什麼，該說多少。父親才會高興。

「你整天都跑去哪裡？」父親問。他沒問我偷了什麼東西，他問我跑去哪裡，我不知道要怎麼回答，他要是問我偷東西的事情，我還比較知道怎麼回答。

「……」

「裝怙怙，好，你會裝怙怙……」父親邊說邊轉頭四處張望，「看我怎麼讓你講！」

「爸，」我爆出一陣哭腔回答，我自己都很意外，「我會驚啊，我偷東西被老師知道了，我驚老師會處罰，所以就……」

「……」父親本來在找棍子要抽我，聽到我回答抬起頭看我，眼神裡有水，瞳孔裡倒映著，我在抖。

我現在依然不太能理解為何當時會這樣回答父親，聽見自己這樣回答，我自己都不甘願，但看見眼前糾結著要找棍子打我的父親，我沒辦法像在學校那樣逞狠，如果不要被打；如果他喜歡我認錯，那我就認錯。

反正，我很小的時候就已經領悟，父親跟其他人的看法沒什麼兩樣，只是他比較疼我，而我也愛他。

「你驚被老師處罰，所以就逃走？」父親聲音變空，不再那麼義憤填膺，「你怎麼那麼憨，怎麼那麼憨啦！」邊說邊指著我，手指說是抖，不如說是搖。

「爸，歹勢啦……」我哭著說。

父親手垂下來，嘆一口氣，轉身坐到藤椅上。我站在原地一直哭，直到他開口。

「來這坐啦，不要哭啊！」

我不停啜泣，呼吸都有點喘不過來，喉嚨感覺被什麼東西綁住了。父親把旁邊一杯茶推過來給我，要我喝，然後伸手在我背後拍著，我刻意讓自己的呼吸更大聲，他拍得就有點急。

等了一會兒，我呼吸終於平順，父親才把手放下，躺靠到椅背上。

我還淺淺的坐在椅沿，眼睛望著地上，思緒跑來跑去。

我沒轉頭，但聽見身旁包裝紙窸窣的聲音，隨即啪一聲，父親點燃了一根煙，他吸氣時煙頭嗶嗶剝剝細微的燃燒聲音我都聽得清清楚楚，隨著一陣煙衝過來，父親開口了。

「我以為你死了。」他慢慢的說。我回頭看他，不太理解他的話。

「下埔，你們老師打電話來家裡，說你逃學，我就趕緊摩托車騎著衝出去。找半天也找沒，回到家裡又接到一通，說是你們學校的輔導老師，他說你受刺激，可能會有不好的念頭，要我不要對你太兇。啊我聽到這樣，整粒頭殼就快要迸去，一直想到你會去自殺！」父親又吸了一口煙，緩緩的吐出來。

「我去溪仔邊巡好幾趟，攏沒看到你。」

「我躲在草裡面。」我說，但我沒說，下午我確實與死亡很接近。

「那麼近哦？」父親說，「離那麼近卻攏找沒，害我驚一下險死……」

又一口煙噴過來，煙霧裡有嘆氣的聲音。

而我忍了好久，終於咳了出來。

章節 06 阿儉

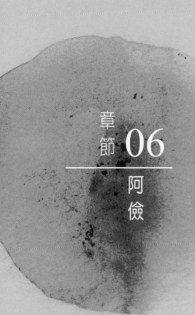

「阿儉！」

拿了藥，摩托車從建國市場穿出來，準備轉到雙十路上的寒舍喝茶，聽見叫聲，他煞車抓一半，車速慢下來回頭看，果然是陳忠他媽媽，走在建國市場外緣路邊，手上大包小包塑膠袋，青蔥和一些葉菜露出袋口，像垂死的什麼。是熟人，陳忠他媽媽回過頭看，漾開一臉笑。他摩托車煞停在十公尺外，停進旁邊騎樓暗影裡，窺視著。前面就是干城車站，許多公車像鯨魚一樣游進停車場，他曾和李珮紋搭那裡的車到台北去。

「比火車便宜。」當時李珮紋這樣說，就像是特地對他說。

喊下陳忠他媽媽的人也是個矮胖婦女，兩個人都提著幾乎不能負荷的食物，交談間不停交換手提，但卻聊個不停。兩人旁邊八德街口滿滿都是人，大概比射出一次的精子還多，不要說車子，連人走進去都不知道出不出得來。建國市場簡直是一座超大的超載公車，明明人多，卻還每個都要擠進來，到底是有什麼好買？

他在摩托車上呆坐了大約十分鐘，兩個婦人才終於聊完，手一抬一抬像說再見，陳忠他媽媽往他這邊走來，他趕緊低頭玩手上的電子錶。她經過他又走了十來公尺，到了停車處，吃力的把手上的菜放到車前菜籃裡，車子是YAMAHA的JOG50，櫻桃紅，斜版上裝一個菜籃，菜籃欄杆的電鍍漆都掉了，露出鐵鏽的顏色。放下負擔，陳忠媽媽緩慢的從斜背的背包裡翻出鑰匙，跨上摩托車，噗噗噗的發動離開，速度慢得像溺水的魚。

他油門輕輕摧，跟著她走。幾分鐘後，兩台摩托車都停下來，確定她是要到醫院來，他掉轉車頭，停到對面賣豆漿的攤販外面，遠遠的看著她左繞右繞找停車位。天氣好，陽光很豔，終於停好車，她嘆一口氣用手往臉搧兩下，隨即提起菜籃上的菜，走進醫院大門。

看她走進醫院，他不急，走到門口還掏煙出來抽，反正知道陳忠躺哪間，跑得了和尚跑不了廟，他前幾天看台視重播的倚天屠龍記，學到這句，剛好用上。

雖然不急，但外面氣溫熱，他有點後悔點煙，抽很猛，一支煙很快燒成灰。最後一口煙他吸很大口，肺裡面大概起大霧，長長的吐出焦黃的煙柱，煙吐一半突然咳起來，煙柱漫開像藥粉化在水裡。他幹一聲吐出黃痰，隨手彈走煙蒂，轉身就走進醫院。

醫院的病房其實沒有很安靜，電子儀器的聲音很吵，護理站的護士聊天也很大聲。陳忠這次進來被排到十一樓，他上樓後蹲在樓梯轉角等，等陳忠母親離開才走進去，離開病房時她只提著手提包，那些菜還放在病房裡，大概只是下樓去買東西。

他走到病床旁，陳忠又更瘦了，但這次瘦得比較好看，鬆垮的皮像捲尺一樣收回身體裡去，看上去就像一個普通的瘦子。看著床上眼睛要閉不閉的病人，他發現自己已經忘記陳忠小時候胖胖的樣子了。

單挑，或圍毆。

他靠近陳忠耳邊小小聲的講著，陳忠的維生儀器滴了幾聲，但他身體一點都沒變化，真的就像死了一樣，儀器還比他活。

穿出醫院電動門的時候，他常常有一種門馬上會關上，自己會被夾到的感覺。像這次，就被夾到了。電動門一開，他便看到陳忠母親，坐在豆漿攤上吃東西，都十點多了，是吃哪餐？

他摩托車就停那邊，不想被她認出來，只好坐在醫院外面的石頭花圃上面等。

這女人舌頭長，吃兩顆鍋貼也跟攤子老闆聊得有來有去，噴一點菜屑到桌子，用指頭摁起來塞嘴裡，還能繼續講。

煙都抽過兩支了她屁股才願意移動，他有點不爽。看她走回來摩托車的位置，像要離開了，他念頭出來，衝過去發動摩托車，離合器一踩檔一打，跟了上去。

轉出學士路，陳忠他老媽不是往太平方向走，反而左轉往進化北路，到了進化北路她又繼續左轉，似乎要往中港路去。

他原本想跟她回到陳忠家，跟他老爸嗆個聲，結果她竟然不是要回家，反正跟香港仔的事情也了了，時間多沒事做，他索性就一路跟上。進化北路走到頭就接忠明路，車子沒轉彎但路是彎的，繼續彎就會往中港路切去，陳忠老媽騎車比烏龜還慢，從忠明路走到中港路交叉口就騎了十幾分鐘，害他打檔打得腳快抽筋，到了中港路她順向右轉，切過忠明國小門口，他跟著她機車屁股轉，沒想到下個路口她又右轉！

幹，路癡！他心裡罵。

切進太原路，陳忠他老媽大概也警覺走了錯路，紫色安全帽左轉右轉的看旁邊大樓，很快又右轉，進博館路，博館路邊有樹蔭，跟著騎進去他感覺舒服些。

剛騎過科博館門口，陳忠他媽媽似乎又感覺不對，急急煞了車，轉頭往後看來，他以為露了餡，趕緊轉進路邊騎樓，原來不是。陳忠他媽車停但人沒下來，只把雙腳落地推著機車往後，兩隻小腿肚肌肉鼓得發亮，隨著她點地的動作蠕動，像有個小孩在那裡面翻滾。把機車退到館前綠園道口，她油門一摧，又右轉往中港路方向，到了路口麥當勞，陳忠她媽媽機車龍頭一拐，又切上中港路慢車道。

恁阿嬷咧，肖查某，跑路也不用這樣！他在呼嘯的風中罵一聲。

他不知道陳忠媽媽左拐右彎的到底是鬼打牆還是真的有意甩掉他，天氣熱得路皮都要捲起來，他肝火很旺，呼吸很濁。

再回到忠明南路口，陳忠媽媽機車終於顯得想要拐左，停在忠明南路上等紅燈。他也打空擋跟著滑過去停在她後面，盯著直看。陳忠她媽媽胖，兩片屁股大過機車椅墊，天氣熱得她內衣都現形，把一條背綁成三四層肉。十幾年前，他那裡才剛會硬，就知道母親的背、臀是美的，會使人著迷，他因此被迷惑，拖著母親一起摔進雜亂竹林，弄髒了嶄新的衣褲。

十幾年後，那道背影依然是美的，只是他不再著迷。

不知道陳忠他老媽的背影有沒有美過？

現在肯定是不美的，光是多擠出來那些肉大概就有李珮紋那麼重。他想得笑出來，趕緊看旁邊，沒人看他。其實他盯著陳忠媽媽的眼神又狠又直，有心人一看就知道有鬼，但這城市太大太忙，沒人有心去注意別人家發生的事情，除非上了新聞變成大家的事。

這路口大，紅燈久得讓人生恨，對面中港路分隔島上插滿總統選舉的旗子，彩色印刷的旗子都快褪成單色，有幾枝還折倒在分隔島上，選完都多久了，沒新聞就當作沒看到，沒人會去處理。天熱，風沒力，那些旗子都垂垂不動，如果是人，應該早就曬死。陳忠他老媽深吸一口氣，背影膨脹起來，還沒吐氣，綠燈就亮了。綠燈亮起，所有停等紅燈的車全都比快飛衝而出，只有她依然故我，緩慢的往前推進，車速大概沒超過三十。

別再彎了，拜託咧。他想。

過了中港路，忠明路變成忠明南路，路中間開出分隔島，島上有樹，路兩側的建築物身段也高級起來，幾條往精誠路的小巷弄，走出來的人都像模特兒，一定都有頂級房車在路口等著接送，這是城市中的高級住宅區，連樹蔭都很貴。

到了忠明南路上，樹蔭遮涼，她騎得更慢，他幾度超車過去躲在前面等她，但怕她亂轉彎，又從另頭騎回頭找人，來來回回，時間並沒有節省，只是瞎忙。這段路她倒是篤定，穩穩地往前直騎，終於車行到公益路口她才轉了彎，走公益路往南屯方向。他加速跟上去，沒想到才過了彎就發現她機車已經爬上人行道停車格，準備停車，他只好若無其事滑過去，停在稍遠處的店家前面。剛停好車，轉頭就看見她笑盈盈的走進一家診所，他跟過去，在門口看了招牌上的醫生名字才知道，這是陳忠妹婿開的診所。

幹，一條路這麼直，騎一世人！他低聲罵。

是一間綜合診所，樓上還兼做醫學美容，前廳坐著等叫號的人很多，有的還站著，看見一個猥瑣婦人走進去，每個人臉都撇開。陳忠媽媽像顆球滾進裝潢精美的診所裡，胖臉上堆著笑見人就點頭，但幾乎沒人理她，只櫃台後一個年輕女孩跑出來跟她寒暄，兩個人笑吱吱的邊談邊往裡面走，他看她們走深了，也推門進去，裡面幾乎都是女生，醜的幾個，漂亮的好幾個，他晃兩下吹吹冷氣，瞄幾眼室內的擺設，拿了名片又走出來。

在外面樹蔭下坐了一會，他覺得大概等不到了，正往機車走去的時候，身後便傳來一些聲響，他轉頭看去，陳忠媽媽已經走出來，陳忠的妹妹陳美華穿白袍跟著走出來，手上抱著一個小孩大約一歲大，看起來是小女生，一身粉紅色。三個人臉色都沒很好看，陳忠媽媽頭低低的看起來像在哭，她走出診所後就直接往機車位置走去，牽了機車就要發動，陳美華抱著女孩距離兩步遠站著，兩個人像在講話，陳忠媽媽機車還沒完全牽好，大腿撐著機車轉頭又對陳美華開口，講什麼他聽不見，但兩個人臉上神情都很嚴肅，看起來在爭辯著什麼。

陳美華懷裡的小女孩突然哭起來，陳美華邊搖著女孩邊和媽媽說話，空一隻手還邊揮舞，講得很激動。後來陳美華索性把小女孩放地上，女孩搖搖晃晃地站著，稍微會走，但兩手抓著陳美華的白袍下擺，看起來很害怕。

原來陳美華生了女兒。他想。

陳忠媽媽眼神看向地上的孫女，陳美華順勢退一步，小女孩重心不穩被盪開的下擺扯倒，一屁股坐地上，抬頭看一眼自己母親，隨即張嘴大哭。

陳忠媽媽看見，慌張低頭伸腳找側柱要立起機車，但陳美華已經彎腰抱起女兒，一巴掌就搧下去，把小女孩打得頭都歪掉。

陳美華眉頭皺得要陷進鼻樑裡，眼神殺氣冒煙，他突然警醒，兄妹倆長得其實挺像。

「哎唷，妳是在衝啥毀啦！」小女孩哭聲還沒爆，陳忠媽媽先吼了這句，聲音大得能撕破喉嚨，他站遠遠都聽得清楚，小女孩也隨即大哭，哭聲尖銳滾沸，像水在鍋子裡被燒死。

「再哭！」陳美華對女兒大吼，陳忠媽媽伸手要去抱小孩，陳美華緊抱不放，小女孩在陳美華懷裡蹭腳。

「我在教小孩，妳不要管啦！」陳美華大叫。

「哪有按呢在教囝的啦！」陳忠媽媽終於搶來小女孩，抱在懷裡安撫，但小女孩扭動不停，幾乎把自己摔下。

「哪沒有！」陳美華伸手抓著女兒和自己母親爭執，診所裡急匆匆走出來一個人，是櫃台裡那個年輕女生。櫃台女生遠遠的伸手要抱小女孩的樣子，陳美華把女兒抱過來交給她，貼上櫃台女生懷裡那小女孩倒平靜下來。

陳美華揮手要櫃檯女生把女兒抱進去，轉身對陳忠媽媽又大聲了兩句，跟著也走回診所。

陳忠媽媽呆站在人行道上，看著診所發呆了十幾秒，低頭抓一抓機車把手，又抬頭看了診所一眼，才牽動機車。剛坐上車子準備發動，櫃台女生從裡面推門衝出來，手上拿著陳忠媽媽來時提的包包，兩個人站在停車格旁邊還聊了一會，陳忠媽媽竟然哭，甚至還哭得有聲，那小女生直拍著她的背，兩人又摟摟抱抱一陣，陳忠媽媽才摧轉油門，機車緩緩往前移動，走得不甘不願。

陳忠媽媽走後，他又走回去看那診所，大概是快中午了，大廳內人少了一些，他又推開門走進去，櫃台女生對他親切堆笑，他便直接走去。

「你好，我女朋友常來這裡看，」他隨意撒謊，「我剛剛從這裡經過，看到一個女醫生跟一個歐巴桑在吵架，是有什麼醫療糾紛嗎？」

「哦，那不是醫生啦，」女孩毫無心機，馬上為診所辯駁，「那是我們醫師娘啦，啊那個老太太是醫師娘的媽媽，特地來看她女兒跟外孫啦。」

「哦，這樣哦，那為什麼歐巴桑會哭著跑掉呢？」

「哦，那個哦……」女孩警戒心起，不願多說「我也不知道，可能是有什麼事情吧。請問，您是要幫女朋友掛號嗎？」

「哦哦，沒有沒有，謝謝。」他隨便推托便轉身走出診所，診所外的人行道很寬敞，樹蔭正好足夠覆蓋，陽光斑斑點點撒下來，像地上撲滿金幣，高級住宅區的居住環境果然不一樣。

他跨上摩托車，又往中國醫藥學院方向騎去，車速飛快，衝進病房時，陳忠媽媽還沒進來，他看一眼陳忠，還是一臉呆樣，他笑一笑，鑽進放棉被衣物的儲藏櫃躲起來。

躲了好一陣子，才聽到護士跟著一個氣喘吁吁的聲音走進來。

「他今天狀況有比較好了，大小便都會按鈕，」護士音調平緩說明，「不過，吃得比較少，大概是屁股那個褥瘡的關係，晚上等看護來我再請她注意。」

「哦，按呢哦，好好，謝謝，混感謝呢。」陳忠媽媽講國語的腔調很重。

他從櫃子縫看出去，只能大約對上靠近廁所的位置，沒辦法看到病床那邊，所以聽到陳忠媽媽窸窸窣窣的翻弄著塑膠袋，也不知道她在做什麼，直到香味傳出來，一聞，是肉羹麵。

一陣吸吸啜啜的聲音過後，陳忠媽媽又窸窸窣窣把塑膠袋和保麗龍餐具收拾打包，丟進垃圾桶。隨即身影閃現在櫃門縫前，進了廁所。空間安靜了一陣，嘩啦嘩啦的沖水聲與廁所門同時開啟，陳忠媽媽的身影又閃過，之後椅子的吱嘎聲從病床方向傳來。

接著便是一片靜穆，唯一聲響是病房儀器發出的嗶嗶聲以及彷若呼吸的幫浦聲。他蹲坐在櫥櫃裡，背靠著棉被還算舒適，但就是無聊。他有點後悔剛剛陳忠媽媽上廁所時沒趕快跑掉，現在窩在這裡，也不知她什麼時候還要上廁所。

他還悶想，病床那邊就有聲音傳出來。

「有卡爽快沒？」陳忠媽媽輕輕說著，那音調之柔和，他完全無法與她圓胖身形聯想在一起。

「給你講，母啊剛才有去妹妹那裡哦，」她繼續輕柔的說著，「他們現在生意真好，人攏排隊排到門口去了呢。」

滴……滴……滴……。

「你知影嗎？他們除了看病，還有給人家美容哦，以後你如果好起來啊，就去叫他們幫你整形一下，變成大帥哥，呵呵。」

滴……滴……滴……。

「媽媽有去建國市仔買一些中藥，晚一點我燉燉咧，灌一些給你喝，好沒？咱不要給護士知影！」

滴……滴……滴……。

「阿忠啊，我的忠啊喂，你聽有母啊講的話沒？」

滴……滴……滴……。

他窩著棉被聽著一個母親對孩子說的話語，那是他這輩子最恨的一家人，他不知道為什麼，他感覺到悲傷。他突然想起自己的母親，他對母親沒有很多的愛，大部分是怕，和一些怨恨。從懂事開始，母親教育他的方式就是打，只要做錯了就要打，有時候自己都莫名其妙，不知道自己哪裡做錯了就被打，被打了自己還要知道是為什麼，如果不知道的話，會打得更慘。

偷偷幫忙洗衣服那一次，他就完全不知道為什麼自己要被打，他想幫忙，他願意幫忙，他希望媽媽肯定他，讚美他。衣服洗好後，他很開心的去叫醒午睡的媽媽，媽媽被叫起床的臉色已經不太好看，到了洗衣間一看，泡在洗衣機裡的衣服全都染了顏色，簡直就像一鍋炒在一起的菜，全都融合在一起。結果，只是因為衣服被染色了，他想要幫忙的好意全成了責備，媽媽看見洗衣機裡的衣服後簡直是火山爆發。

「你這是在幹什麼？」

「我……我想要幫忙。」

「幫忙……」他看得出來媽媽當時似乎在忍耐怒氣，「幫你去死的忙啦！」

結果，他還是不值得母親的愛，母親說完話，不由分說抓起他手就是一陣打，他哭得喉嚨都快破了，還是無法宣泄那痛。

從此，他再也不敢多幫忙，再也不敢多管閒事，完全把自己封閉，只在必要的時候才開口溝通。

雖然已經過了這麼多年，現在想起來，他還會非常疼惜還是幼兒的自己，對於那個小小的小孩，卻要承受這麼大的恐懼的小孩，他有很大的愧疚。他覺得自己就是被母親害的，要不是小時候母親這樣喜怒無常，他也許會是個開朗活潑的小孩、也許會交許多好朋友，也許就不會被陳忠盯上，就不會把陳忠掐成這樣人不人鬼不鬼的樣子。

他陷入怨懟的思考，一鼓氣幾乎爆發，差點一拳打在儲藏櫃門板上，好不容易忍耐下來，呼吸急促得能燒水。

滴……滴……滴……。

「我去找你小妹，想要叫她來看看你，我去好幾趟了，她都不願意來……」陳忠的媽媽幽幽的講起，口氣裡有不捨與遺憾。

滴……滴……滴……。

「最近，我想說他們搬到新診所，趁喜氣過去問她要不要來看你。你那個妹婿哦，真夠意思，看到我就塞紅包給我，要我買點營養品給你吃，你看人家對你多好！」

「但是，你那個小妹哦，怎麼苦勸她就是未振未動，擱給我歹呢！她講她細漢時候被你們兩兄弟打，擱去給你老爸……」陳忠媽媽講到這裡突然停住，語氣裡似乎有許多委屈，但都吞下去。

滴……滴……滴……。

「唉，她講我都為你們沒為她，她講她很氣咱這家伙啦！」

滴……滴……滴……。

「你聽看看，話可以這樣講嗎？她雖然早產，但也是我懷胎七個多月，辛辛苦苦生下來的呢！

你小妹不知有多歹生，你們就都沒人知。你們老爸從來不曾問過半句，連月內攏是你外嬤專程從苗栗抓兩隻土雞來給我補……」

滴……滴……滴……。

「唉，講這些你一定沒愛聽，我不愛講啊啦！」

滴……滴……滴……。

「是講哦，你們三個出世作兄妹就是有緣，如果可以重新和好哦，不知有多好！你們這些查哺的哦，細漢時候，如果不要那樣糟蹋她就好了！」

陳忠媽媽幽幽的訴苦，解了他早上的好奇，陳忠一家似乎也不和睦，這個發現讓他感到很爽，把身體又更往棉被裡塞。

病房儀器規律的鳴響，下午日光透過窗簾隙縫鑽入，隨著窗簾飄動在地板上形變，午後時光薰人欲睡，他窩在棉被裡都快睡著，眼皮垂落。

等到醒神，他發現陳忠媽媽已經沒在講話了，病房裡除了電子儀器，又都沒了聲響。他瞌睡去也沒注意，不知道陳忠母親是沒有講話還是出去了，他又等了一會兒，確定沒什麼動靜以後，才輕輕的推開櫥櫃門。櫃門已經用久，發出細微的咿呀聲，他頓了頓，額頭爆出汗珠，但病房裡竟然整個沒反應，他貓身跳出來看，才發現陳忠依然躺在床上流口水，他媽媽則已經趴在他床邊沉沉睡去。她身形很胖，兩隻肥腿折在床底下，腳跟翹高，只有腳尖抵著高跟拖鞋，腳趾擠得泛白，懸起的腳後跟皮粗得跟懶趴一樣，而且扁平得厲害。

這樣彎腰趴在床沿看起來很辛苦，大概不會睡太久，他沒多等，輕輕的把櫥櫃門推回半掩，躡手躡腳靠近病床，沒想到她睡得嘴開開，還挺沉，嘴角還沾著一條細細的胡蘿蔔籤，大概是剛剛吃麵濺到的，進了廁所老半天，竟然也沒看見，這神經線簡直跟電線一樣粗。悄悄走出病房，關上門時他回頭看了病床上一眼，頓一頓，隨即轉身帶上門，按電梯下樓。

下午還不到兩點，陽光還很炙盛，醫院休息到兩點半，大廳人潮明顯比早上減少很多，他穿過大廳走出門口，一陣熱氣襲來，他呼吸有點凝。伸手到口袋掏煙，發現煙沒了，他懶得去牽車，直接越過馬路到對面的便利商店買。那便利商店的招牌是仿7-11的，猛一看還真分不清，他是走進去了才發現。櫃台是個瘦瘦的中年婦女，畫鮮紅指甲和早已退成淡綠色的眉毛，他要了一包大衛杜夫和一顆千輝打火機，很快付了錢走出來。那老闆娘讓他想起丁哲修的媽媽，他媽媽沒紋眉沒擦指甲油沒口紅，乾乾淨淨的一個婦人，而這櫃台歐巴桑，全身擦得五顏六色，但也是乾乾淨淨的一個婦人。

誰又是髒的呢？誰知道誰髒呢？今天一早上的遭遇簡直是奇遇，搞得他心緒複雜，不知道愛跟恨怎麼分？恨與不恨又怎麼分？

走回停車地方的途中，他真真正正想起母親，是孩子想念媽媽的那種想，想要媽媽抱那種想。

如果小時候母親不離開家，他有沒有機會重新認識母親，重新愛她呢？

現在母親當然已經抱不動他，該要愛的時候兩個人都恨著對方，十幾年時間白白賠掉，是他要還給母親，還是母親要還給他呢？

車停的位置到了，插上鑰匙，轉開，車子老了，但他保養得很好，噹噹噹的聲音依然乾淨響亮，油門一催就把他帶走。

「幹你娘人生怎麼那麼難活！」他狂吼。

章節 07

母親

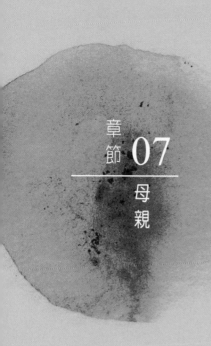

離家那天，我跑到火車站旁邊的王冠飯店窩了一夜，爛得要命的房間一晚上還要一千二，我塑膠袋裡的錢算一算還有五萬多。隔天一天我都在第一廣場混，看了兩支片，劉德華的《嘩，英雄》和一個不認識的人演的《黃飛鴻》，這部黃飛鴻拍得不錯，那主角打得好看，架式十足。看完片子我又在四樓打了一下電動，非假日沒什麼人，破了兩次關後我跑到地下室吃冰，吃完冰我從手扶梯浮出地面，這是我第一次自己一個人從這手扶梯浮上來。之前總摟著李珮紋的腰。

不知她最近好不好。

剛去當兵的時候有夠難過，我寫過信給她，常寫，但她從來沒回過，破冬以後我就看破了，女人都是賤，她們要你每天給他新鮮感，等到你變沒招了，她們就再見掰掰，絕對不會跟你念舊！

在第一廣場裡面混了一早上，感覺有點不舒服，從地面穿出來的時候，一陣風掃過來，我深呼吸一下，有好一點。聽同梯的說這個金字塔原來是違建，有被人家舉發過，據說是靠後台擺平了，但是因為風聲傳開了，事情還不小條，再撐大概也沒幾年，早晚一定會拆掉。之前還聽父親說有幽靈船要來台中載人，衛爾康燒掉後就選第一廣場，嘛在衰！電扶梯上來的時候感覺很妙，人都像樹一樣長出來，原本只能看到天空而已，慢慢的就可以看到公車站、百貨公司外牆的櫥窗、電影看板……地面是最後看到的，等看到地面，會有點等不及，想要直接走上去。走出金字塔後，我回頭看，一大堆臉往我湧過來，人臉看多了像一個字重複寫好幾次，都沒什麼人樣了。金字塔被陽光照穿，有一面比黃金還亮，另一面反映大樓的影像，和天上的雲。奇怪就好好的很漂亮啊，什麼神經病的人會想要拆掉這個，這金字塔拆掉，第一廣場還像第一廣場嗎？

下午我跑去中國醫藥學院找丁哲修，他在上課，要我等他，我跑去育德路上的FROG等他，一堆大學生在裡面笑著鬧著，是有什麼事情那麼快樂？

丁哲修背著一個帆布袋從馬路那頭跑過來，陽光把他眼睛遮去，一臉白只有牙齒笑得黑黑的。進了店裡，他把帆布袋往牆邊一丟，跳進椅子裡。

「喂，幾百年沒見了。」他拍一下我的背，大聲吼著。他穿一件T恤，外面套NBA太陽隊34號的球衣，刷淡牛仔馬褲，腳底下穿著JORDAN十代紅白款，露出背心的手臂黝黑粗壯，像永遠生活在陽光下。

我沒回答，只對他笑一笑。我已經幾年沒打球了，雖然當兵生活規律，但肚子上的肌肉早就垮掉，看著他還精壯的身材，我有點羨慕；也有點忌妒。

「怎麼啦，怎麼有空來找我？要鬥牛嗎？」他看我沒回答，接著講。

「沒啦，你看我現在肥成這樣，打不動啦。」

「喂，聽你爸說你提早入伍，是怎樣？」

「沒啊，就書念不下去，提早去保衛你們這些米蟲啊！」

「幹，最好是啦。」他說，語氣裡有點玩笑；也有點嚴肅，我只跟著笑。

「要喝什麼，先點，我請客。」我說。

「不要了，我等一下要進社團，你晚上到我那裡，我請你吃火鍋。」他說。

「你那裡？」我問。

「哦，我現在搬出來住了，在永興街上，很近。」他說著，彎腰把背包上肩，「你call機號碼給我，我下課call你。」我把號碼抄在FROG店卡上給他，他拿了店卡從椅背又跳出去，跑進陽光中。

他就可以活得那麼快樂，為什麼我就不行呢？

外面陽光的顏色已經沒那麼白了。

丁哲修租的房間在一棟公寓的五樓，一個樓層隔四個房間，三間套房，另一間是一房一廳。丁哲修租的是其中一間套房，坪數大約三、四坪，擺一張床一張書桌幾個三格書櫃跟一個塑膠衣櫥，住兩個人會有點擠。

他書桌上都是很厚的書，一本筆記本寫得密密麻麻都是英文，旁邊一本中文書《病理學》厚得像枕頭一樣。

「幹，這種書是人看的嗎？」我翻了幾頁，沒一句看得懂。

「對啊，那根本就不是人看的！」他兩手捧滿要清洗的東西，轉身出門前還在我面前唸了一句，「勸你不要學醫！」

他在外面公共廚房裡把菜洗好弄好，然後端進房間裡用小瓦斯爐煮，已經初春的天氣吃火鍋有點熱，我們兩個人吃得上衣都脫光。

吃飯的時候，他從床底下翻出一本像雜誌一樣的書丟給我，我伸手接沒接好，差點砸到湯鍋裡，一看，是徐若瑄的寫真集！

「看這卡實在啦！」

「哦，吃這麼好哦！」我故意大聲講，邊說邊翻著看，這本部隊裡早就傳到不要傳，書上面的奶頭都被搓破了。雖然如此，很奇怪拿到還是想翻一下。

「不要亂翻哦，翻到黏黏的地方要去洗手嘿！」他沉聲說。

「幹！」我把書闔上丟還給他，「還你，邋圾鬼！」

「欸欸欸，這珍藏本呢，你這樣丟！」他捧著碗，笑著閃開，隨即把碗放著，回頭到書櫃裡翻找，捧出幾本灌籃高手和幽遊白書，全倒到床上。

漫畫堆裡夾雜一本雜誌，比徐若瑄寫真集還薄，更舊，紙邊都捲起來了，封面是台北市長年輕時的照片。

「先鋒時代？這啥？」我隨手翻著問。

「這你袂愛啦！」他很快從我手上抽走，往書櫃丟回去。雜誌紙薄，頁面炸開像一隻巨大蟑螂，撞到櫃子角邊，掉到地上一團繩子上。

看到繩子，我心裡抽一下，剛喝進去一口湯都衝往心臟，腦子裡直接接到他爸爸掛在荔枝樹上的畫面。

其實很奇怪，他爸爸明明沒自殺成，但我每次回想到那時的情景，畫面都是他老爸掛在樹上晃。

「你怎麼有那條……索仔？」我拿起一本幽遊白書亂翻，用下巴往書櫃那邊點。

「什麼索仔？」他轉頭看，馬上意會，「哦，那是我們學校登山社學長的，上次跟他們去爬合歡山沒用到，學長寄在我這裡的。」

「爬山？」我爬過去摸摸那繩子，是舊繩子，表面粗硬，繩子兩端都是圈套，其中一邊套著一個鐵扣，看起來像狗鍊。

「爬山有什麼好玩的？」

「這你袂了解啦，」丁哲修臉朝下，眼睛吊高看我，嘴裡呼嚕吸了一大口冬粉，再抬頭，「你如果交到一個七仔，七仔愛唱歌你就愛唱歌，七仔愛跳舞你就愛跳舞，七仔如果愛爬山你就要七早八早起床陪她去爬山！」

他故意烙台語，幾年沒見面，這外省仔台語越來越溜，雖然腔調還是怪怪的。

「騙肖仔，如果交到七仔愛相幹咧？」

「胸胸，那你就爽死囉！」講完，他伸手往我下面摸來。

「去幹索仔啦你！」我推開他，他碗裡湯溢到手上，他幹一聲，吮了吮手，放下碗。

「欸，你怎麼可以這樣講，」他轉身拖出那把繩子，抓著兩頭，開始套弄起來，「跟繩子說對不起。」

「欸，衝啥洨啦！」不知道他想做什麼，我有點焦慮。

「你看哦，」繩子被他打了一個看起來很複雜的結，「這看起來是打死結，但是如果你從這裡給他拉開……。」

繩結沒開。

「幹，怎麼沒開……」

「哈哈，落漆！」我大笑，鬆了一口氣。

那結沒開，丁哲修低頭認真拆解，嘴裡念念有詞，他在背打繩結的步驟，大概哪裡記錯了，他搞不懂。

看著他手裡那團大結，這不就是人跟人嗎？我想。

父親和母親原來也是一條繩子，從這一頭到那一頭，都沒有任何障礙，後來，他們就變成了兩個結，動彈不得。

他們有想過把結打開嗎？我不知道。

解得開嗎？

我也不知道。

無限的愛，換來無限的恨，到頭來剩下我一個人……

我突然想起來，那時候丁哲修他媽在樓梯間哼的那首歌。

啊……負心的人，負心的人！

「好了，很多了，」我伸手扯掉他手上的繩子，「吃飯就吃飯，弄那些五四三的。」

「靠夭，冤家宜解不宜結，」他吐一口大氣，「算了，還給學長才是俊傑。」把亂七八糟的繩團推回角落。

「碎碎念，黑白弄，等一下你是要吃那條哦？」

「喂，這位退役弟兄，講話請放尊重一點。」他戳我肩膀。

「我陪你在那邊裝肖仔就已經很尊重了，是還要怎樣尊重！」我說完，啜一口熱湯，嚥下去，喉嚨像有球滾過。

「算了算了，孺子不可教也，等到有一天我就用繩子把你綁票勒索，還要把你撕票，灌水泥做成防波堤，填海！」他筷子伸到鍋裡，夾出一片豬肉，沾辣醬沾成血色，牙齒撕掉半片，咬進嘴裡。

「最好是啦，我是阿兵哥呢，你當做中華民國國軍是吃屎長大的哦，」我舉起筷子當作步槍指他，「填海咧，你不要先跌落海底餵魚就好了啦！」

「國軍，哼哼……」他嚼著肉，白眼看我，哼兩聲沒接話。把剩下半片肉塞進嘴裡後，他像突然想到什麼，張口問，「欸，國軍，我問你，總統你選誰？」

「我還不能選你是咧……」我剛從碗裡夾起一團菜，沒手打他，只好拿手肘撞。

「唷，那麼嫩哦！」他恍然大悟的樣子。

「你不知道自己老哦。」我回他，「你不要看我是退伍老兵就當作我很老好不好，我比你年輕不知道幾百歲咧！」

「真可惜，我們中華民國第一次民選總統耶，竟然來不及見證歷史，嘖嘖嘖，可惜可惜……」他搖頭晃腦一付死了老爸的樣子，我拿一顆丸子丟他，他伸手擋兩下接住了，直接塞進嘴裡吃掉，笑得很猖狂。

吃得差不多的時候，他開始跟我說到他念中國醫藥學院這段時間的生活，聽起來大學生活還真他媽好玩。他說他會決定在台中唸書一來是為了他老媽，一來，是為了還可以看看他老爸。

聽他講到看他爸爸，我馬上想到那天在地下室福馬林池旁邊的景象，鼻子裡似乎還有一股刺鼻的感覺。

「那你爸的屍體現在……？」我問。

「大體啦屍體！」他大笑。

「好啦，大體大體。」
「火化了，」他說，「去年，已經解剖使用完了，他們把他全身器官都縫回去，做了一個法會，然後就燒掉了。」
「要推進去燒的時候我媽哭得昏倒，」他平靜的說，眼前的鍋噗噗噗冒著白煙，「我才驚覺，他真的要離開我們了。」
「你陪我去那一次之後我還自己去了幾次，那時候他已經被抬上去切過了，學校那邊還有點不願意讓我看……不過也是，後來越看越不覺得他是我老爸，全身都是刀疤，整個臉都變形了，看起來就像是黑社會老大被人家砍死的。」他說完了自己笑，我笑不出來，但陪著笑。
「很奇怪，每次去覺得那個福馬林的味道有夠嗆，聞多了大概會死，但其實真的會啦，」他說，「可是，看著我爸躺在那個池子裡面飄，我有一種他好像也很輕鬆的感覺。」
「你不會去泡泡看，看有沒有很輕鬆。」我說。
「幹！」他拿了桌上的紙杯丟我。
學生時代我一直覺得他很幼稚，只會唸書打球其他什麼都不會，一次帶他去偷車他還緊張得發抖，看起來就是什麼煩惱都沒有的人。但聽他講過他爸爸的事情，我突然覺得幼稚的人是我。他真的陪他老爸到最後，我呢？
我跟不上他。

懂英文、看那麼難的書、關心社會上的政治，還是學生的他已經開始變成大人了。為什麼他還沒出社會卻那麼輕易就變成大人，我努力想要融入大人的世界，卻總是像傻子一樣，到處都有人嫌！我小時候也是好學生啊，我們的天分真的有差這樣多嗎？

我忌妒他。

「現在，可以說說看你這兩年都在幹嘛了吧，阿sir！」吃完火鍋，丁哲修到外面冰箱拿來兩隻冰棒，斜躺在床上吃著。

「不就當兵，有什麼好講的。」我說。

「當什麼兵呀？這個冰嗎？」他冰棒舉高著晃。

「報告，陸軍上兵！」我也舉起冰棒朝他敬禮。

「那幹嘛好好的書不念跑去當兵呀？」

「你以為每個人都像你會唸書哦。」

「哎唷，大尾起來了哦，會應嘴應舌了呢。」他拿吃完的冰棍戳我，我也戳回他。

「欸幹，不要滴在床上啦！」他大叫。

「哈哈，這樣看起來比較正常啊！」

「正啥常，等一下害我被罵……」

他抽來衛生紙擦拭床單還邊碎念著什麼，我沒細聽，站起身把冰棒丟進垃圾桶。

「我跟我爸吵架。」

「啊？」他大概沒聽清楚，抬頭問。

「我跟我爸吵架，我要搬出來。」我再說一遍。

「……」他突然安靜下來沒講話，我很感謝他沒追問。

「是吵怎樣？」沒想到靜默一陣，他還是問了。

「還不就一些狗屁倒灶的事情！」我不太想講。

「嗯，」他輕聲回應，「那你，找到地方了嗎？」

「還沒。」

「……」他又沉默下來，像在思考。

我有點失望，我以為我們交情夠好，他會邀我同住。

「喂，你有錢吧？」他突然眼睛一亮問。

「幹嘛？」

「我們走廊前面那間大間的上個月剛退租，房東正在找房客，但是那間有客廳房租比較貴，一個月要五千五，」他說著，「怎樣，要不要來當鄰居。」

我當然答應。

當晚，我就跟他擠小套房，洗澡時看他浴室漱口杯裡有兩支牙刷，我知道他剛剛突然不知反應的原因。

隔天下課，丁哲修就帶我去找他房東，房東是退休老師，很好講話，丁哲修幫我殺價到五千一個月，簽約成交。

晚上他帶他女朋友出來，我們到雙十路上的寒舍去吃飯。雙十路前面現在非常熱鬧，晚上有些茶藝館會有辣妹熱舞，假日整條雙十路都變成賽車場。丁哲修邊吃邊跟我聊，他女朋友安靜的坐在他旁邊看書，餐上來了她還是邊吃邊看書。這女的挺漂亮，但看上去就是傲，丁哲修說是東海哲學系的，在聖誕晚會認識的。念哲學的，難怪。

我在光復路靠近大成街口一家機車行找到工作，一開始當學徒，一個月一萬七，兩年出師，算正職的工資，月薪兩萬六，修理機車還可以跟老闆抽成，機車行胖老闆笑瞇瞇說看我臉相跟他合得來，是特別給我的待遇。他當我傻子，兩萬六他出去看看請不請得到我這種經驗的，幹！這個世界就是永遠要人吃人就對了。

但我不靠這些薪水吃住，只是有個場所練功夫，我在振興路上一家割肉店找到門路，現在機車不好偷，偷一輛豪邁125整車可以賣到五千，DIO50整車也有三千，自己會拆的話，零件拆開賣更好賺。我平日在機車行光明正大的研究車鎖，晚上或假日就跑到熱鬧的地方偷牽車，一晚上輕鬆偷就不只一個月薪水。

錢很好賺，我花得也不心疼，丁哲修他們是窮學生，我常常請他們吃飯，他女朋友本來對我冷冷的，後來看在吃香喝辣的份上，也開始會跟我講話，人啊。

想尬的時候我就找車行同事到大雅路上喝酒，選個順眼的帶出來玩，反正只要出得起錢，女人沒有不肯的。七期重劃區炒起來這幾年，大雅路這邊的貨色是差了，但一分錢一分貨，我又不是真凱子，沒必要大老遠跑去撒鈔票餵金魚。只是每次跟女人做完，不知為何我總想起唯一沒上到的那個女人，希望旁邊躺著是她，還會扭扭捏捏跟我說不要。

不知道她現在在做什麼？

偶爾，我會偷偷回家，家裡擺設一樣沒變，父親又把我的獎狀掛上電視後面，我實在不知道這樣做的意義在哪裡。我通常把錢放電視上就離開了，沒有留下什麼紙條之類的，我知道他辛苦，但我不知該跟他說什麼。

有一天晚上，我在公園對面的麥當勞吃漢堡，順便物色外面騎樓下的摩托車。這家麥當勞很新，燈光通亮，比起來，以前我們在民權路約會那家實在有夠爛，難怪收起來。幾個男女半站半坐在停放的摩托車後座上，大聲小聲討論的都是白曉燕綁架案，白冰冰幾次在電視螢幕裡痛哭落淚，但案情還是沒有任何進展，有人拍到陳進興站在一台摩托車旁邊也沒用，人會跑，頂多只能抓到那台摩托車。也因為案情都沒有進展，可以討論的空間很大，電視上每天都有不懂裝懂的人在那裡臭彈，一個綁架案也可以講到總統選舉那裡去，連去年的劉邦友、彭婉如命案都被拿出來再講一次。

政治如果就是這些牽拖欺騙唬爛，那生活中的大小事情都是政治了。

騎樓下人來人往，許多學生站在那裡等人，最近有一部科幻片〈第五元素〉上映，大概都是準備去豪華戲院看電影的。對面電力公司欄杆外的人行道上有一些賣衣服的攤販，幾個女人站在那裡挑選著，遠一點繼光街上的三商百貨招牌在寶藍色夜空裡閃著光，但那光線有點微弱。

麥當勞門口一個殘障的胖子在賣口香糖，幾個老人則一直在我玻璃窗外晃，偶爾坐上停在那裡的機車椅墊，望來望去又滑下來走，走又不走遠。後來幾個花枝招展的半老女人走過來，一堆老男女像是約好似的啪一聲就黏上，我笑一笑，原來。

但我笑容才剛咧開就僵住。

幾個老女人中有一個女人年輕一點，長得也比其他女人清秀，看上去就像一隻鶴站在母豬堆裡。但那女人的穿著卻把自己的行情搞差了，兩隻腳不同顏色的絲襪，腳踝處還破洞，腳上的高跟鞋鞋皮都龜裂了，裙子是一條合身的皮裙，但穿歪掉了，整個拉鍊口歪到側面去，讓人沒有辦法相信那是不小心穿歪的。上身一件深V字領的黑色針織衫，詭異的貼身，貼到腰間贅肉都看得清清楚楚。臉上的妝也深豔得極其誇張，簡直像唱歌仔戲的。女人看起來就精神不太正常，身上唯一可以引起男人興趣的只有那V字領口裡深邃的乳溝。但她的臉好看，上女人就是在上臉，她皺眉沉醉的臉躺在身體下面，我看那些老男人大概會連靈魂都射出去。奇怪旁邊那幾個老女人要不是打扮得比較正常一點，我看大概都要被她打槍，她為什麼把自己弄那麼糟？看她一直在老女人圈外面繞，人家講什麼她都笑，有個老到像棵樹一樣的老女人伸手戳她額頭，還拉她頭髮，她也笑，笑得很好看。

那老女人拉高她雙手，抓她裙頭，看起來要幫她調整裙子。

我心一鬆想，也是有朋友嘛。

沒想到那老女人手上用力一旋，把她裙子正面又轉到另一側去，隨即抬頭對她咧嘴笑出牙齦，我看她眼神稍微一愣，隨即也跟著笑開，但那笑就是傻，完全不知道狀況。一夥男男女女就這樣在騎樓下笑得仰天彎腰，聲音尖得刺穿玻璃進來，連我背後音樂裡面堂娜的哭腔都被撕裂。

我會在這個世界的盡頭等你，雖然你不斷從遠方捎來消息。

要我從今後就忘記你，讓生命繼續，但愛是不會隨光陰老去……

媽的，這什麼世界！

看出這層利害關係，我對女人的遭遇感到深深的悲哀，也對那些假意堆笑卻自私惡劣的老女人產生極度反感，吸完最後一口可樂，我把漢堡跟薯條倒進垃圾桶，推門出去，站到那些老男人老女人面前。

看我靠近，男人女人都出現奇怪反應。男人畏縮低頭，其中一個還直接就轉身走人，男人總會老成這麼膽小的樣子。我突然想起那兩年跟高中仔在歌劇院裡面勒索老人的畫面。

而女人，她們的皺臉上又驚又喜，我這樣一個年輕對象出現，對已經皮鬆肉弛的她們來說，實在太意外了吧。她們大概害怕我是來釣魚的警察，但又忍不住想像我衣服下的肉體吧。

而她，跟她們的反應完全一樣，也就是說她對我完全沒有反應，是我變了還是她變了。

下一刻我才想起，我早已長大了，她根本就不認識我。

我選了她，去年在成功路上萬春宮附近一閃而逝的身影。

她連要收多少錢都說不清楚。

房間在走道倒數第二間，因為長期陰涼潮溼，棗紅色地毯上散發出一股陳年的酒腐味，我走在她身後，看著她的身影，她皮裙裡的屁股依然挺翹，踩著高跟鞋走路讓她的屁股看起來很誘人。快五十的女人，雖然皮膚看起來粗糙了一點，但裡面的彈性還在。

我坐在有點凹陷的彈簧床緣，床單上的紫色玫瑰花圖案凹凸不平，花瓣也開得太過，像急著讓人摘。

進了門她也沒要我洗澡，也沒端水給我喝，老到這樣的女人卻不懂人情世故實在很悲哀。我望著她，她也害羞的望著我，不管這害羞是真的還是裝出來的，還有這樣的本錢她算是很幸運了。

她先把鞋子踢掉，站在我眼前笑盈盈的脫下上衣和裙子，接著一臉媚樣望著我伸手到背後把內衣搭扣解開，我的目光沒有急切的想要看她的奶子，她肚子上有一道小小的蜈蚣疤，那是我出來的地方，她說她生我很苦，生不出來，差點死了才決定剖腹。小時候聽到這點我總是虔誠的敬愛她，感恩她把我帶到這世界。

但我想到她說：「佮學校就在那邊，剩沒幾步路了，你自己走去。」

「我是阿國。」我一直沉默望著她動作，等到她把內衣脫掉，露出蒼白的乳房時，我才開口。

「嗯？」她疑惑不解，兩手緩緩的抱向胸前把乳房遮住，像預期有什麼危險會發生的樣子。

「我是你兒子，」我冷冷的說，「阿國。」我說完的一瞬間她還愣，但不到一秒鐘的時間，她突然發出尖叫。

「啊！」她不顧上身的裸露，像發狂的野獸一樣往我這裡衝來，兩隻手掌往我臉上抓，她的手又白又瘦，骨頭和青筋包在白皮裡，手指上的指甲都擦成紫紅色，看起來就像地獄伸出來的一雙鬼手。

她尖叫著兩手往我眼睛戳來，我伸手撥開她，她又繼續攻擊，我抓住她兩手，她便用腳踢。最後我用力把她推倒在床上，狂巴她幾下。她被我打矇了，倒在床上像洩了氣，翻身成側躺，乳房倒向同一邊，深色的乳頭像下垂的眼珠，看著玫瑰花床單。

「你這個不成囝仔，為什麼這樣給你阿母凌遲，我不愛活啊啦！嗚嗚嗚……」她哭泣起來，頭髮亂成一團把她臉遮住，哭聲從那一團黑裡傳出來，幾絲頭髮隨著呼吸飄動。

我站著看她，正要開口，又聽見她說。

「你一定是欲來討命的對否，不是我不是我，你不要找我，你去找你去找……我不知啦，你不要找我就對了。」母親一陣胡言亂語，「我會給你燒金銀財寶，我會去，我每個月都有去啦，你不要找我啦，啊啊啊。」

母親哭得很誇張，像見鬼了一樣，我伸手拍她肩膀，她身體劇烈的抖一下，抬頭看我。

「哦，國仔是你哦，你吃飯未？你稍等，我去買飯給你吃。」母親似乎又認識我了，說著說著開門就要出去，但她還光著上身，我衝上去把她拉進房間。

「你爽了沒？爽好了就要給錢啊！」她坐在床上伸手向我，我望著她，十幾年的氣一下子消去。她眼影畫得像貓頭鷹，眼皮一眨下來就一片黑，口紅也因為剛剛的哭鬧花掉了，鮮紅色的顏料散到臉頰去，跟臉頰上的紫紅色腮紅混在一起。

這樣一個女人，我竟然曾經想要殺死她。

「沒錢哦，沒錢沒要緊啦，下次再算，但是你未使擱再打我了。」她垂下手低頭喃喃自語著，身體不自主搖晃。

瘋了。我想。

「伊哦，空去啊！」我在麥當勞等了好幾天，終於又看到那天跟她一伙的幾個女人，上前詢問。

「去鬥到一個駛計程車的，兩個人出出入入，愛到欲死欲活，計程車也沒在載人，整天都沒出車……」，「不是啦，是那個查甫仔會給伊打啦……」，「沒啦，聽講頭先有影對伊真好，是後來知影伊未生啦，那個查甫仔是孤囝，厝內人不能接受啦！」，「嘛真可憐啦，生做水水說，屁股頭那樣圓凜凜，講未生我實在不信……」幾個老婦人七嘴八舌，鮮紅多皺的唇角都積極的擠出白色口水沫，談論別人的八卦似乎是很快樂的事情。

不要受到刺激的話，母親其實都很正常，除了偶爾出神完全切斷與外界連結，其餘時間都能自主生活。我常去看她，給她錢要她別再做了。剛開始她對我有很大敵意，幾個禮拜後，被我污辱的巨大驚恐較平復了，她慢慢恢復正常，知道我真的是她兒子。跟母親和好後我把丁哲修那邊的房間退租，在靠近北屯的梅亭街上另租了一間坪數大一點的公寓，跟母親一起住。

丁哲修知道我找到母親，也替我高興，搬過去那天他和他女朋友買了一箱啤酒跟火鍋料到我們的新公寓說要慶祝。公寓裡有冷氣，我們吃著熱呼呼的火鍋喝著啤酒，看龍兄虎弟張菲和費玉清搞笑，老實說我第一次感覺到溫暖。

這是與父親從來沒有過的感觸。父親溫和但不苟言笑，跟他一起我學會的只是越來越沉默，母親離開後除了農曆新年，我們幾乎不過節，也不用說生日聚餐這種事情。

父親對我真的包容，但不曾給我家的感覺。

找到母親後，我覺得生命似乎完整了，雖然母親精神偶爾會有狀況，但大致上是好的。我公寓租著，冷氣開著，電視第四臺偷接隔壁的，生活開銷多了一倍不只，以前看連續劇裡面說養一個人只是多一張嘴吃飯，根本是幹話。就這樣我每天跟母親吃跟母親睡，不用為了賺錢去站壁後，母親幾乎每天足不出戶就顧著電視，早也看晚也看，有節目也看沒節目就看新聞，最重要是每天晚上九點半要看姻緣花，每次看得一邊流淚一邊罵。

「這個顧小春真正夭壽，吃人夠夠，有身就卡大天哦？騙人在不曾生囝！啊這個家凡怎麼都未了解雲生的委屈啦！」

那一年夏天，香港回歸給中國大陸，電視新聞疲勞轟炸不停，不時都有示威抗議的消息，台北街頭常常有遊行，人潮淹沒道路，空中拍下去好像人就是道路，道路會自己走。新聞報導一間7-11生意好到玻璃門都被擠破，母親吃飯時看著電視說：若去擺一個香腸攤，不知多好賺。結果回歸儀式結束後，也沒下雨也沒打雷，大家又乖乖的縮回去工作。

八月某一天，我和母親在看電視，畫面裡突然插播新聞，說黛安娜王妃死掉了。隔天，每一份報紙頭版都是地下道前那輛扭曲車體的照片。我和丁哲修還有兩個球友打完球到五權路上的可利亞吃韓國烤肉，丁哲修他女朋友後來也跑來，但她什麼都沒吃，一頓飯只盯著櫃台前面的電視哭，搞得大家都吃不下。

媽的，別人家的王妃死掉不知道她是在跟著哭什麼！

我實在很火大，轉身就走。

回到家，鑰匙剛要插進去門就自己退開，屋子裡頭安安靜靜的，我心一冷，衝進去，看見母親坐在窗台上。

「媽，妳幹嘛！」

母親彷彿沒聽見，頭髮晃得像水裡的草，低聲哼著什麼，我衝到她身後把她抱住，她嚇得尖叫一聲。

「你衝啥啦！」倒回屋裡地板時母親把我的雙手扭開，尖聲問。

「幹，我才要問妳衝啥咧，妳爬到窗戶上面幹嘛？」

「有嗎？」母親狐疑，四處看。

「不然我剛剛是從哪裡把妳弄下來？」

「咦，我本來在看新聞，看到那個黛安娜王妃死掉好可憐，她兩個兒子也好可憐哦，他們那個兩光老爸真沒路用，擱王子咧，懶叫仔王子啦……是講，我也不是故意要離開你老爸啊，可是我沒辦法，我沒辦法再跟他住下去了，都是他害我未生，我一直想要把你生回來，一直想你一直想你，你要是沒死就好了，結果我就一直哭一直哭，哭到不能喘氣，就想要出去外面透透氣，後來，你就把我弄倒了……」

母親說話毫無邏輯，我有點毛，轉頭看看屋內，桌上有一瓶洋酒，桌底下還有幾個啤酒空瓶。

「你喝酒哦？」我問。

「只有喝一點。」

媽的，症狀這麼嚴重，這是會不會遺傳啊？

那時候差點我就把那人掐死，連我都覺得自己不正常，靠夭結果搞來搞去我這該不會是天生自然！

幹你娘咧！

我約丁哲修到翁記茶行，想要問問母親的狀況，他們學醫的大概比較瞭。但是他遲到有夠久，翁記吵得要死，都是學生在那裡聊天。看著那些沒有煩惱的高中生大學生，我竟然羨慕起來，只有唸書這件事情可以煩惱真的有夠輕鬆，以前為什麼我會那麼討厭唸書呢？

丁哲修從外面跑進來，說他call了我幾百通電話都沒回，我把call機拿起來看，果然有十幾通電話，翁記吵得連call機聲音都聽不到。

丁哲修沒點飲料就坐下來，看起來一副剛做完愛的爽樣，我真的也很羨慕他，知道自己努力什麼、高興什麼、不高興什麼，如果我國小沒有跟陳忠搞成這樣，我應該也是坐在這店裡許多笑得很膚淺但快樂得很顧人怨的學生，應該也跟丁哲修一樣是個會玩又會唸書的好學生，第一個進到我心裡的女人也許不會是李珮紋而是黃文心。有時候生命就是這樣，選擇很多，不只單挑或圍毆那麼簡單，但詭異的是，很多時候不管你選什麼都是錯。

丁哲修一坐下來我還沒開口他就先說了，聲音大得隔壁兩桌的學生都轉過頭來看。

「我看見李珮紋，」他說，「在東海。」

他說他們幾個同學去逛東海藝術街，逛累了跑去柏拉圖咖啡坐，他一進門就看見李珮紋。

「她在那邊打工，她現在念東海外文系，已經要升四年級了。」丁哲修一口氣講完。

「她……她有……」我震驚了一下才開口，問題還是問不清楚。

「沒有，」似乎知道我要問什麼，丁哲修一口氣打斷我的問題，「她連一次都沒問！」

「幹！」

「開玩笑的啦，她一看到我就問起你了。」他說。

「她問什麼？」

「你自己去問她，」他意有所指的說，「我幫你問了她的call機號碼，夠朋友吧！」他從背包裡拿出一張紙條在我眼前晃。

回來了，小紋，妳回來了。分手以來我在心裡不知道想過幾萬次的重逢景況，就沒想到會是這樣的情形，我把紙條輕輕捏在手心，感覺那組號碼的重量，但紙就是紙，沒有什麼重量，所以我又怕它飛了。

跟丁哲修分開後我馬上跑到公共電話亭打電話，李珮紋的call機是可以留言的，但我說不出話來，輕輕的把話筒扣回去。

中午也不在外面吃了，直接買便當回家吃，進門時母親安安靜靜在看電視，新聞播報的聲音響得會炸，看見我提塑膠袋，遙控器舉起來把聲音按小，再往下指著前面茶几：「家裡有飯你還買！」

「這家便當好吃。」我說。

「什麼的？」母親眼睛盯著電視，螢幕裡是不知道哪裡的大草原，一群長頸鹿腳開開低頭在喝水，水裡有排小石頭慢慢滑近，等鏡頭再近一點，那是鱷魚的背。喝水的長頸鹿耳朵一撇一撇，但沒有要撤退的意思，大概很渴。

「爌肉。」我把塑膠袋往茶几放，倒下沙發，母親把袋子抓去翻看。

「卡細聲咧，」我說，「我要打電話！」

這次還沒進語音我就掛斷了。

鱷魚大嘴潑啦一聲把水咬破，鏡頭開始慢動作，最近的一隻長頸鹿嚇得幾乎離地，隨即手長腳長的往後退，水滴像花，緩慢的盛開。

啪！再啪！

鱷魚連咬兩下都沒咬中目標，面無表情地又退回髒水裡去。

下一幕是鱷魚露出鼻子和兩顆眼睛的特寫，鏡頭靠很近，鱷魚眨眼睛，進廣告。

「哦，有影好吃！」母親咬了我一口爌肉。

「喂，請問有人call機？」下午，李珮紋回電話，聲音聽起來依然清脆活潑，聽起來就像兩顆星九號球進袋的感覺。

「是我。」接電話時我躺在床上翻寫真集，有點想睡。

「請問你是？」李珮紋疑惑的問。

「三民……主義……」我從床上坐起來唱，床邊牆壁貼著范曉萱的海報，海報裡她撐頭往上看，眼睛盯著我房間的天花板，嘴角微笑尖尖的。那是她《好想談戀愛》專輯海報，過年前我從玫瑰唱片幹來的，旁邊有一角撕破了，剛好是畫面空白的地方，貼在我白色牆壁上幾乎看不出來。海報被摺過，隱約有一線白白的從上而下，把范曉萱臉切成兩半，還好閃過眼睛，不然看起來會像智障。

「國哥！」我幾乎可以看見她興奮大叫的誇張表情，「哇，好久不見了，釘子有把我call機給你？」

「嗯。」

「你現在在哪，一定要來約一下，喝個茶。」

夜晚的東海藝術街，真的很有藝術氣息，每一家店門口的擺設看起來都是藝術品，街燈幽暗，一對一對情侶走在路旁，每對都抱得緊緊的。我不曾來過這裡，這也不像我會來的地方。

找到古典玫瑰園，推開門，一陣花茶的香氣飄過來，聞起來很舒服。店裡的燈光昏昏黃黃，像快沒電了。音樂聲跟聊天的聲音都輕輕的，彷彿是有人在監視的樣子。剛走到櫃台，就看見她在裡面沙發上招手招得很誇張，我對著她笑一笑，走過去。

「嗨。」她坐在沙發上笑著，穿著一件粉紅色的細肩帶上衣，不知道是不是燈光的關係，她露出來的皮膚看起來好光滑，但臉上的陰影也很大塊，笑出來牙齒都不見了。

「嗨。」她那邊的沙發很大，我本來想坐到她旁邊去，但還是把椅子拖出來，坐在她對面。

「真的好久不見哦！」她說，臉上的笑容是一朵花開在早晨。

「對啊，」我說，「三、四年了吧。」她看起來還是那麼甜美可愛，像是把以前的美麗變大了，比以前還要美麗。

「哇，真久，我都老了。」她邊說邊摸自己的臉，臉頰凹下去的部分邊緣就發光，她皮膚好得像塑膠一樣。

「哪有老，妳變得，更漂亮了。」我說，手心裡有點冒汗。以前我們的對話總是我在主導，為何現在我感覺力不從心。

我想起我的老ＤＴ，我還在騎它，我一點長進都沒有，丁哲修念完醫學院都要當醫生了，李堺紋也如願的念她喜歡的外文系，連高中仔都死了上天堂了，只有我沒變，我還在偷車，除了偷車我還是不知道要幹嘛，只有我一點長進都沒有。

「喂，喂！」李珮紋伸手在我眼前揮舞，我眨一眨眼睛看她，「怎麼啦，看到美女恍神哦！」我很緊的笑一笑，沒講話。那一瞬間，李珮紋的眼神突然媚起來，身體往前傾，笑容比剛剛看到時更甜。看到那眼神，我一下子硬起來，趕緊喝一口水。

「喂　你現在在幹嘛？」

「妳說，現在？」

「沒啦，我是問你工作啦，白痴。」她笑得真甜。

「就當修車師父啊！」我說。

「那個好賺嗎？」她問，我正要回答，她突然伸手抓我的手，細嫩的拇指還在我掌心搓揉。

「哇，你的手好粗哦！」

這舉動也太積極，我被嚇得有點傻。

「你工作一定很辛苦，」她把手收回，聲調裡有同情，「對不對！」

「呃，也還好啦，就……」

「問你，想不想辛苦一陣子就能幸福一輩子？」不等我講完，她又接著說。

「你知道的，所有工作都是有做的時候才有錢賺，你工作那麼辛苦，收入雖然也還可以，但是當你休息時，你的收入也就跟著停止了耶。想一想，如果你現在六十歲了，還能做修車師父嗎？你看你還在騎DT，很多人早就在開喜美了。」她滔滔不絕，「現在，我有一些很好的產品想要跟你分享，你有沒有女朋友？啊沒關係，有些產品也很適合你們男生用，我告訴你……」

李珮紋開始說個不停，我一下子像被雷打到，腦子狂閃光，我從來沒想過我六十歲的樣子，也沒想過她的。

她邊說邊從包包裡掏出幾條洗面乳樣子的乳液，看到那些產品的時候我原本爆閃個不停的腦子突然就怠速安靜下來，那時我才終於確定。

他媽的直銷。

李珮紋妳今天約我來就是為了跟我推銷，妳那麼美，那麼年輕，我那麼愛妳，妳他媽為什麼就要去做直銷呢？做直銷就算了，我們幾年沒見了妳還來推銷給我！我的感覺實在很差，但我臉上的笑容一定是我這輩子能擠出最誠懇的。

我就這樣聽她講了一個多小時，我像欣賞檳榔西施一樣欣賞著我心愛的李珮紋，我的位置慢慢提升，幾乎飄到屋頂上去了，從我的位置很輕易可以看出李珮紋的把戲。我在心裡退出她的遊戲了，只剩她自己在玩，沒有在遊戲裡就可以比玩遊戲的人看得更清楚，沒有投錢就不會輸。

「抱歉，」等到我終於看膩了李珮紋的笑容，我把腰間的call切響，假裝低頭看著，「我媽call我，我得離開了。」

「你媽？」聽見我媽，她有點驚訝，「你媽不是……？」

「哦，釘子沒說嗎？我找到我媽了！」

「哎呀太好了，」她笑得顴骨都發亮，「改天約你媽一起來喝茶呀！」

「她哦……有點難啦！」

「怎麼了嗎？」

「哦沒事啦，就生了一點病。」想到母親，我其實有點頭痛。

「啊生病？什麼病？生病的人要很注意營養……」媽的，好久沒聽到她這樣關心的聲音，聽起來真的很爽。

「歹勢，我得先趕回去看她了！」

「哦，好，」她臉色黯下來，但笑容仍甜美，「再連絡哦，我覺得你一定可以做得很好，你有那種潛力，我相信自己的眼光。」

「哈哈哈，」我笑，「掰掰，再連絡。」

幹！

騎回市區的路上，我真的忍不住哭了。

為什麼只有我沒變？我幹嘛不要變？幹！

剛過文心路，腰間的call機在文心保齡球館前面響起來，我停下來看，真的是母親call我。

「喂，怎樣？」

「你為什麼還要回來，你已經死了！」母親在電話那頭尖叫。

靠夭，又發作了，我掛下電話跳上機車。

一路從龍井狂飆回北屯，路上景色都像流星，一幅超大的電影預告海報從眼角飛過，是劉德華年底要上映的新片，他還是演正義凜然的小記者，他演來演去就靠一張帥臉，只能騙騙小孩；倒是演壞人那個梁家輝，在海報黑色背景的襯托下，一雙不屑人間的兇惡眼神從黑影裡露出來，實在很有戲。讓人不得不相信如果真有這種人的話，台灣絕對能被賣掉。

尤其是在這樣的夜裡，什麼都可能發生。

衝進屋子，地上一片亂，母親不在客廳，房間也看不到人，衝進浴室一看，我心縮一下。母親穿著紅色睡衣倒在浴缸裡，浴缸整池都是紅水。

我馬上打119，把母親還冒著血的手抬高用毛巾綁起來，把她抱出浴缸。

「我一個囝仔沒去，我有一個囝仔沒去啊啦！」等救護車來的時間，母親一陣夢囈，我看著那個半老蒼白的臉，她一意孤行的要死，根本就沒有想到我，我他媽的為什麼要纏上她！

「幹，妳不要在那裡唉爸叫母啦，當作恁爸沒割過哦，有辦法就割深一點啦，幹，割就割了還打電話！」

「你啦，攏是你啦！我的囝仔會死攏是你啦！」

不知為何，母親一直說我死了。

「我的囝仔，我若給伊有生下來，恁老爸就不會給我打，伊就不會離開我了啊，對否對否，你講對否。」

看來，母親跟那個私奔的計程車司機可能有懷一個孩子，聽她講起來大概是流掉了，該不會是刺激到。

「母啊，我問你，為什麼小時候妳對我那麼壞？」我看她瘋，也跟著她瘋，反正這問題正常時候她也不會回答。

「我對你壞？誰講的？我對你最好了，對否對否，你講對否。」母親對著窗外方向講話。

「小時候我如果不順你的意，就會被你拖到門外打，像打狗一樣，你都忘記光光哦！」

「沒啊沒啊，我沒給你打啊，我是打恁哥呢，若不是伊，你也不會死，你也不會死啦……嗚嗚。」母親說著說著又哭起來，發狂的扯手上的毛巾，「我欲死，我欲對你去。」

正好門鈴響起，救護人員把母親綁上擔架一路開到澄清醫院，急診醫生眼睛跟瞎了一樣，也不會看病，看母親在擔架上狂叫，只叫護士打一針說要讓她睡，便叫我辦住院，辦你娘咧，住院不用錢哦。

看著母親躺在病床上睡覺的樣子，梳洗乾淨她看起來還是那樣漂亮，要五十歲了，說四十人家也信，這樣一個漂亮的女人不要說父親，就是我也顧不住。

我又想起李珮紋，幹，夜路走多了也會去碰到鬼。媽的我玩的女人也不少，就會去被她弄到。

母親抖一下，嘴巴嚼一嚼又恢復平靜。她手細得能見骨，手腕上幾道淺淺的疤，看起來不只割過一次。

我低頭看自己手上那條，比母親的粗多了，也醜多了！

去動物園那一次，母親就是用有疤的這隻手從後面推了我一下，把整趟旅程都搞砸了。

那時候，其實我哭的不只是全家福照片拍壞了。

前一晚是禮拜六，我可以看完楚留香再去睡覺。楚留香父親也愛看，原本都是我們兩個一起看的。但那天晚上，父親和母親兩個人一直在房裡講話，導致我看得也不太專心。等到片尾曲開唱時，我走到門口去偷聽，內容聽不清楚，但他們小小聲的在吵架。

然後我聽見「啪！」一聲。

「電視看完了還不去睡覺幹什麼，明天起不來就不要去了！」走出來的是母親，那時我已經衝回電視前面，背對著他們房門，坐得直挺挺的。

「哦。」我上前按掉電視，回頭就往房間走，與母親錯身時，我眼睛餘光看見，她美麗匀稱的臉上，一點痕跡都沒有。

「明天不要去好了！」就在我要進房前，母親身形不動地丟下這句，聲調冷得落地會碎。

「……」聽見這話，還不到七歲的我整個背脊發涼，眼淚馬上擠到眼眶。那一年是動物園大象林旺第一次舉辦慶生會，班上很多人都去看過了，這一趟旅遊我期待得比尿還急。

我只能瞪著眼睛回頭看母親，母親往前去收拾茶几上的報紙，沒有要轉過來解釋的意思。

「妳是在幹什麼？」爸爸的聲音從房裡衝出來，「囝仔等那麼久，是按怎不去？」

「你就是太寵啦，」母親回頭吼，一隻手伸出來指父親，「寵到爬壁！電視一看下去都七晚八晚，若沒叫他都不去睡，教未聽，為什麼就要帶他去玩！」

動物園的照片裡，母親指著父親這隻手不見了。

從我小時候就這樣，母親的脾氣暴躁易怒，一下好一下壞。記得那時候她在家裡幫人家穿鞋底，客廳角落都堆一堆鞋子，皮革的味道聞到想吐。她都要我幫她捺鞋底，她好拿過去穿線，有時候我們做著做著母親會突然停下來望著我，等我發現了她才又低下頭去穿線。但有時候她被我發現時會莫名其妙發起脾氣，輕一點的就罵一罵，嚴重的時候她會把我拖出門外去打，打得我要跪在地上不斷的說我不敢了她才會停，但到底我應該不敢什麼，我從來不知道。

丁哲修說母親那個應該有點躁鬱的傾向，先天也有，遇到打擊而產生的也有。

「幹，那不就怎樣都會中，人活在世上哪有不遭遇打擊的？死人哦？」

「不一定啦，每個人心理素質不同、價值認定不同，對於打擊的承受度也會不一樣，所以……哎呀，反正那個問題很複雜，解釋不清楚啦。」丁哲修說。

問題很複雜？我有時候想，我們這一家到底是發生了什麼問題？

父親、母親跟我為什麼沒有辦法好好的享受一家人的生活，難道我們這樣的人就不能有家庭嗎？那又要怎樣的人才配擁有幸福的家庭呢？

看母親睡熟，我下樓去買煙，抽了兩根心情還是悶，索性騎上機車出去晃一晃，深夜的市區車變得很少，中華路上的攤販也都陸續在收了，高中仔他家的歌劇院又換了名字，但看板上一樣還是貼滿了裸女圖，不知道高中仔現在在天上是不是也有美女陪伴。

如果他在那裡又馬上風了，不知道會死到哪裡去？

我到一個小攤叫了一碗鹹粥、一盤綜合黑白切，喝了一瓶啤酒，離開的時候已經快一點了。天空有雲，月亮在雲後面發亮，把雲照得很薄，今天天色很好，很久沒看到這樣的夜色了，新聞說有颱風要來。小時候中秋節總到河邊烤肉，巷子裡幾個鄰居約一約，拖幾箱啤酒、汽水可樂跟幾顆大西瓜，幾十個人浩浩蕩蕩走到後面河床裡就開始烤起來。上面眷村的人也會到河裡烤肉，兩邊的小孩像死對頭一樣拿著煙火對戰，父親很好，會花幾百塊買一堆煙火給我，那時候我小，煙火總是被大小孩「借」去。母親走後，父親就不太管我的睡覺，每次我總是戰到最後的那幾個，很奇怪當人群散去，剩下的煙火就不好玩了。

那時還不認識丁哲修，也許他在對面的外省孩子中間，拿著沖天砲跟我對衝。

說起來奇怪，他這外省囝仔卻去跟民進黨支持台灣獨立，我爸正港臺灣人卻比較吃國民黨那套，以前小時候不知道，以為好玩，原來，我們從小就在打仗。

但是，小孩子的仗真的好玩多了。

那時的月亮就跟今天晚上一樣，又圓又亮，雲很少。以前夜晚的天空都是很漂亮的寶藍色，為什麼長大後就什麼都不一樣了。

我回到醫院，母親還在睡，我也把陪睡床拉出來睡了。

母親真的生病了，但症狀很多，不只躁鬱症這麼簡單，醫生講也講不清楚，總之是精神方面的問題。

問題？病就病，說問題有比較好聽嗎？

這種問題不會致死，但會把家人折磨死。

母親開始吃藥，症狀也時好時壞，有時話很多有時很少，講話清楚的時候卻越來越少。

母親總是不肯吃藥，她說吃藥讓她昏昏沉沉的看我看不清楚。

我心想妳都瘋了還要看清楚。

我得規定她吃藥，她不肯吃時我就打她，打了她就會吃，她吃了藥比較容易睡覺，她睡覺了我才比較輕鬆。但她每次吃藥醒來都陰陽怪氣，披頭散髮也不講話就呆呆的盯著一個地方看，有時候盯著我。她盯著我看時眼神很奇怪，是一種看著我卻又沒在看著我的感覺，我可以感覺到她在看我，但也許有什麼人或東西在我旁邊也同時吸引著她的眼光，她同時看著我也看著我的旁邊，黑眼珠看上去就是淡的，散的。如果大白天就算了，有時候晚上她還這樣看著我實在陰森到屌都縮進去。

我就再打她，讓她醒。

這樣的日子過起來感覺好長，有人說西藥吃多會死，介紹我帶母親去建國市場那邊看中醫，幹結果中藥吃多也會死，貴死！還好政府突然發明什麼健保制度，領一張卡看病就便宜很多，不然我偷車賺錢真的還不夠母親發瘋。

她就這樣拖著，天天的吃藥，初一西藥十五中藥，也不知道哪一種會好，哪一種會死。

老實說我真的不知道，為什麼一堆狗屁衰事都要到我身上來！

陳忠被我掐得快死卻不死。

我本來已經沒有母親了，莫名其妙讓她回來，回來了卻又像沒回來。到底是為什麼呢？

章節 08

你

時間繼續走，日子還是要過，現在機車越來越難偷，不只防盜功能加強還有引擎烙碼，偷了也不能用。原本他以為這輩子靠偷車就能飛黃騰達，不用再過父親那種苦日子，但現在拖著一個瘋母親，都快到台中公園裡面當乞丐了。

母親瘋著拖著，已經兩年多過去，吃的藥大概能把台中公園的湖填滿了，卻也不見起色。丁哲修說這病就這樣，吃藥只是治標，家人朋友的溫暖對待才是本。

「馬的，我們家最沒本錢就是家庭的溫暖！」他說。

丁哲修快畢業了，忙著論文與實習，他們見面的機會慢慢少了。丁哲修跟他聊過，實習結束後先跑醫院，菜鳥期先做一陣子，熟了以後自己開業每個月賺個十幾二十萬沒問題。丁哲修後來又換了幾個女朋友，一個比一個辣，天天到學校門口等他。

馬的，當醫生的好處。他忌妒的想。

他一個修車師父跟在醫生旁邊總是吃虧，以前唸書時候騎輛打檔車馬子就自動跳上來，現在把馬子沒有四顆輪子基本上都可以去跳河了。

幾年前還流行得買不到的call機，現在已經完全退流行，每個人腰間別的都是手機，這世上像是再也不需要公共電話，每個人在任何地方都可以被連絡到，躲都躲不掉。每次只要手機鈴聲響起，就可以看到有人不知是炫耀還是真聽不見，講得他媽超大聲。

他也去配了一隻海豚機，因為工作需要。

他已經把DT換掉，騎一台二手豪邁固定式的，弩腳了但還能在斜板上貼點貼紙耍耍帥。他還是在那家機車行修車，月薪也沒高多少，只是抽成多了些，算老師傅了工作也輕鬆些。偷車已經不好做，不僅機車不好偷了，銷贓管道也少了，後來他又跟兩家車行合作，但沒多久車行就都收了。他本來想洗現在老闆的腦，要他做黑的，但這老闆愛家愛老婆愛小孩，一看就是個沒卵葩的俗仔，他連講都不想講。

明年初又要大選了，馬路上已經開始看到海報看板，電視上的政論節目每天吵到螢幕都快燒掉，電視台那麼多有啥小路用，能看的沒幾台。原本國民黨穩贏的態勢現在跳一個宋楚瑜出來，宋楚瑜當過省長，全省走透透得民心，看來聲勢大好，結果又被李登輝抖出一個興票案。他不太相信宋楚瑜這樣就栽了，每次看新聞都覺得他就要反擊了，但他卻只是頭低低，爽了民進黨的陳水扁，現在三組候選人咬成一團，像油條一樣纏在一起，就看誰能從油裡浮上來了。

丁哲修說每個人都是粗繩子裡的細繩子，幹，還真他媽大錯特錯，沒人想當細繩子。

他慢慢開始看新聞，懂得找話題跟車行同事聊天，也是因為工作需要。

每個人心裡的台灣都不一樣，新聞看著看著有時就吵得快打起來，但這種打跟他以前和高中仔出去破頭斷腳那種打差得多，現在這種打只是在玩，哪像打架。蔣經國死掉那天晚上，兩個大人在他們巷子裡扭打，要死要活的，那時候他不懂，現在想起來都會笑。打架這回事他其實很小就知道了，根本不必幾隻手幾隻腳在那裡推來推去踢來踢去，只要掐住對方的要害不放手，很快，很快就能把對方弄死。

就算沒弄死，也能毀掉他一輩子。

陳忠現在很少送到醫院了，除非真的有狀況，他老爸大概也玩累了吧。陳忠的弟弟陳民現在在竹科當工程師，收入不錯，也挺孝順，以前全家靠陳忠養，現在陳忠變成一個累贅，一個一輩子的累贅。

但想到一輩子他怎麼都想不到陳忠，他想到的都是父親。這個世界對不起他，一開始就設計他掉入這吞噬人的沼澤裡，每個人都欠他，只有父親，他覺得自己欠了父親一輩子。

雖然次數越來越少，但有餘錢的時候他還是會偷偷回家，塞到電視上。家裡的環境越來越差，進屋子像進棺材一樣，好幾次他躲起來等父親下班，遠遠的看見一個老人背一個大背袋，騎著綠色摩托車回來。背袋壓得老人駝背，他會想衝上前去幫他背，讓他的背能像以前一樣挺直，但他總是沒有。

卸下了背袋，老人的背還是駝，那是時間，不是背袋造成的。

六十幾歲了，父親。

再兩年就可以屆齡退休了，但父親不會退休，郵差的工作停了他還得找工作，他現在就在派報社兼差，每天送信結束後他還要去派報，不管刮風下雨，父親都會去派報社報到。

他偷偷看到的，那天他氣得跑去把第一廣場前面的機車座墊全都割爛。

因為陳忠還很年輕，父親還得養他，就像養一個不成材的；啃食父母的兒子。因為父親怕陳忠變成兒子的累贅，所以父親要扛郵差包、要撿資源回收、要挨家挨戶派報。他都看到了，但他不知該怎麼幫忙。只有把錢偷偷塞在電視機上，就在他那些獎狀前面。

李珮紋畢業後還是在跑直銷，他也成了李珮紋的下線。

答應入會員那天，李珮紋帶他到忠明南路直銷超市去簽約，就在雙子星大樓左棟，說是左棟，從復興路看過來就是右棟，兩棟大樓又長得差不多，只高度差一點，每次從大樓裡走出來，他根本搞不清楚自己在哪一邊。第一次跟李珮紋來，站在大樓門口往上看，幾乎是看太陽，他很少跑到南屯這一帶，不知道這裡還有這麼高的大樓。那天李珮紋穿一件VERSACE白色緊身洋裝，裙子短得只能遮屁股，他低著頭在玻璃圓桌上簽申請書，李珮紋一雙大腿就交夾在桌底下，不知道她是不是故意的，一邊說話腳還一抖一抖，勻實的小腿肌肉就在她嫩得像豆腐的皮膚底下滑動，搞得他褲子裡簡直要爆血管，怎麼坐都不對勁。

如果剛好沒有男生有空，又沒下雨，李佩紋會要他幫忙載貨，偶爾也載人。

她不曾準時，有時會要他上樓等。

李佩紋在西屯自己租一間小套房，房租很貴，房間很小。他上去過幾次，裡頭像亂葬崗，衣服一堆一堆死在地上，桌上還有霉到發毛的泡麵碗。每次去他像去掃墓，還得幫李佩紋整理東西。

李佩紋現在比以前美，也更會化妝更會穿衣服，出門一趟全身上下都是名牌，連一隻唇膏隨便都要一千多，就是很有生活品味那種調調。看李佩紋走路、講話、吃飯還有對他笑的樣子，他不自覺就會想到麥斯威爾咖啡的廣告。

當然，還有媚登峰那種的。

還沒去過的時候，他想像李佩紋的房間應該是粉紅色粉到會發光那種，至少也要乾淨整齊綻放玫瑰香味。第一次進去他真的像人家說的——倒吸一口冷氣，哇一聲很大聲，還被她瞪。

原來，品味這回事根本不是人在有，是錢在有！

以前他小，從來沒要緊過錢，退伍後算是真正出社會，才有點搞懂，錢比人貴。人們賣東西、賣頭腦、賣身體、賣時間甚至賣命……都是為了錢。

突然間，他發現每個人都在向他推銷，李佩紋永遠在推銷幸福的一輩子，而丁哲修就向他大講道理，推銷學校、推銷書，常要他回去學校唸書，丟幾本書到他床上就要他看。

書比那些化妝品保養品便宜得多，但效果好多了，每次他睡不著，翻幾頁書就能睡死，一早起來整個人容光煥發。

「傑克，這真是太神奇了！原來這就是書的功效啊～」他怪腔怪調對丁哲修說！

「幹！」丁哲修笑著罵。

「哦，沒收功就罵髒話！」他學電影裡周星馳。

有機會，他也想要向人推銷一點什麼。

李珮紋說做直銷最重要是學說話，什麼話題都要懂一點，他看新聞的目的其實不是關心世界，每天找話題跟同事聊天都是為了推銷產品，他還是比較關心自己。那些化妝品和保健食品會員價打六折都還貴得像鬼一樣，他買過幾罐花粉和茶樹精油給母親，吃了用了也沒什麼屁效果，他賣的東西其實自己都不太信。有個學徒最近正準備要買他的產品成為他的下線，除了這個學徒，丁哲修基於朋友道義第一時間就成為他的下線，但他知道丁哲修眼界不在這裡，這條線不可能再往下跑，是一條死線。

這一切他都還在練習，練習如何去騙人，以前他不騙人，他靠勞力與技術賺錢，第一次看到高中仔裝模作樣騙老人的錢，他一肚子火差點揍他，但他現在知道高中仔是對的，既然這是個人吃人的社會，他就要學會去吃人。

假日，他也到第一廣場去發色情廣告，第一廣場現在已經沒有以前的盛況了，就算是假日廣場上都擠不滿，幽靈船的傳說簡直比恐怖攻擊還恐怖，連塊磚都沒炸就把第一廣場搞垮。聽說那個有名的玻璃金字塔明年也要拆掉了，金字塔拆了這整個商圈大概就要躺平，消息傳出倒是很多觀光客趁著金字塔還在跑來拍照留念。

他就像當年他嫌惡的那個中年男人一樣，在廣場周邊遊走，看到單獨的年輕男人就靠上去在耳朵講話，大部分的人會跑掉，也有人敢回頭嫌惡的瞪他，還有人做勢要打他，他都沒在怕，只要裝一張兇狠的臉，通常對方都會嚇跑。

李珮紋一直與他若有若無，保持距離，當年那個唯唯諾諾的小女生現在講OPP可以控制情緒說哭就哭，讓他分不清楚真假。畢業後李珮紋行事打扮更加吸引人，姿色上乘的女人只要有點膽到哪裡都吃得開。他就這樣一直當李珮紋身邊的綠葉，離不開也靠不近，只能在有風吹過的時候，順著風勢輕輕的撫過花瓣。

那年九月，天氣並沒有特別熱，颱風也沒有特別多，一切並沒有徵兆。

那晚他跟直銷夥伴吃完宵夜要離開時已經將近一點，回到家都快一點半了，出了電梯看見家門半掩著，裡面透著紅光，他心想又來了。推門進去一看，果然母親穿著一身紅站在客廳正中的椅子上，手上拿著繩子就要往脖子上套，繩子從輕鋼架上面垂下來，他好奇母親是怎麼綁上去的。

看見他進門，母親嘻嘻笑笑又從椅子上走下來。

「回來了？」

「嗯，」他邊回答，再疊一張椅子上去把繩子解下來，「妳吃藥了嗎？」

「我，我不要吃藥仔啦，你不要給我吃藥仔啦。」母親嚇得像看到鬼，但她樣子披頭散髮黑眼圈，看起來也像鬼。

「醫生說你要吃藥才會好。」他隨便敷衍著說。

「我不要。」母親拗起來。

「妳是要再讓我打哦。」他舉起拳頭作勢要打。

「不要啦，不要給我打啦！」母親蹲在地上抱頭。

「那妳吃藥。」

「好……好啦。」

他從抽屜把藥包拿出來，倒出十幾顆，裝一杯水放桌上。

「我不要。」母親看到藥又反悔，像退化一樣。

「幹恁祖媽咧，裝肖仔！」他舉起拳頭就揮過去，就在要揮中母親頭的時候，天地都震動起來。他一驚，心裡有報應輪迴的念頭閃出來，停了一停，母親跟他都抬頭看天花板。

天花板卻不看他們了，燈像眨眼睛閃兩下就熄滅，隨即便是一陣史無前例的天搖地動。他撈起母親手就往門外衝，聽見整棟大樓像老人伸懶腰一樣，霹靂啪啦直響，每一扇門也都陸續打開，門內都是尖叫聲。

他們在四樓，衝向樓梯的速度已經夠快了，但還是擠在人群裡，下樓的時候又來了一陣，幾個女生嚇到大哭，呆得都不會走了。

後面的人就叫就推，「緊走啦，不走欲等死哦！」

等到他們母子倆終於衝出公寓門口，門外已經站滿了人，大家議論紛紛著，有些人影稀稀落落的往附近停車廣場走，等到再一陣餘震，站在公寓外面的人才全都跑到停車場去。

這一夜，天色也像小時候那樣清亮，月亮快圓了，過幾天就是中秋，如果還有河、如果還有家、如果沒有地震，也許能再去烤肉。

這一震，讓台灣躍上全世界新聞頭條。

母親嚇得一直抖，他把她安置在人群中，又跑回去拿了一些錢跟存摺，還有母親的藥。回來帶著母親走路到省三國小，國小現在開放民眾進去，操場上已經擠滿了人。找了一個草地安頓好之後，他讓母親吃藥，吃了藥母親沉沉睡去，但周遭還有人在哭。

這夜幸好不冷，蓋著天上的星星就能睡。

醒來，天氣很好，天空很乾淨，操場上都是垃圾。

「咱回去看恁老爸。」母親突然冷靜的說，表情看起來平淡無波，不像焦躁或失神。

他看著滿地垃圾跟倒臥的人，場景像一場夢，望著母親點點頭說：「好，咱回去。」

他這句話其實等了好久，他原本等的是自己，他要讓自己告訴自己，但現在由母親說了。母親要回去的艱難比他沉重，她開口了，他就放自己回去。

載著母親從錦南街回去，三民路中友百貨一中街那邊現在都管制了，一路都有災情，路邊一輛賓士車被大樓碎落的瓷磚砸得變形，引擎蓋開開的像在叫。孔廟看起來倒沒事，體育場外面搭了一些帳篷，樹蔭底下躺滿坐滿了人，他們原本都有人生方向，現在大概都不知道該怎麼辦，像他一樣。

這一幕只是一瞬，他走雙十路，到了圖書館前面轉精武路進太平，圖書館那邊人更多，人群躺往台中公園那邊去。過了精武路地下道就離開市區進入台中縣，陽光很亮，有一種復古的感覺。他那一次進市區就是在父親的背上，搭著他的野狼機車從這條路走相反方向，去醫院看剛躺下去的陳忠，跟他的家人談判他們兩個人生。

第一時間陳忠不是被送到中國醫藥學院，而是平等街澄清醫院，小時候那裡很熱鬧，但也很雜亂，對街過去就是一個小市場，鐵皮頂蓋遮去日光，都靠小攤發電機的燈泡，市場裡頭什麼都賣，有些還挺好吃，垃圾亂滾髒水橫流，如果有人死在那裡，臭好幾天恐怕都不會被發現。而醫院這頭則常年燈火通明，亮得像燈籠一樣，進出的人看起來都比較體面一點，但很多人一出醫院大門就往市場黑漆漆的入口走進去，也有人從市場走出來，提著大包小包就滑進醫院裡去。

站在光復路口往成功路那邊看過去，醫院和市場就分據馬路兩邊，說是敵對，簡直懶叫比雞腿，更像是發育懸殊的兩兄弟，都吃著一樣的人潮奶水。

那天的時間是在下午，陽光其實沒現在亮，但感覺比現在鮮明，父親綠色的背發燙，身體裡大概冒著汗，在父親的汗味裡他的害怕其實沒有外表看起來那麼大，陽光都射不穿那山一樣巨大的背。小時候他覺得父親可以解決一切，去醫院看一下應該馬上就可以回家了，完全料想不到，當年這一趟之後他就開始遠離了他的家，現在，他載著他的母親要回到有父親的家，兜了一圈又走回同一條路。

精武橋上有選舉的旗子，都像房子倒得零零落落，原本應該互不侵犯的現在全靠在一起，有些還一起跳河了。天氣好日光照得遠，但遠處都是一片白茫，末日大選；末日大震，一切都是末日的景象。

新聞說西元2000年叫做千禧年，所有的電腦都會大當機，也許世界末日真的要來了。他在安全帽裡想。

進地下道與過橋時母親都抓緊他的衣角，昨晚地震的恐懼太大了。

從旱溪轉進太平路，這條湊巧也叫太平路，是台中縣的太平路，不是李珮紋家附近的太平路。

到了家附近，他把車速放慢，母親似乎也知道了，緊緊的扯住他衣角。

「家人的溫暖最重要。」他想起丁哲修的話。

母親是要回去尋找溫暖的，那他自己呢？

轉過彎，家就在眼前，兩個離家多年的人，不知道家還等不等他們。

父親不在，門鎖著。他撬開鎖進去，屋子裡一片亂，地上都是水，他到廚房廁所房間裡看，都沒人。

回到客廳，母親呆在電視前面，那上面擺了幾個相框，都倒了，其中一張是他們在動物園那張合照，父親又去洗了一張。母親認出那張照片，伸手去摸相框，肩膀一抽一抽的看樣子是在哭。他望著母親的背影，然後看見牆上的獎狀都不見了。

鎮上的人都到河堤去了，河堤旁邊現在是個小公園，跟其他地方一樣，都擠滿了逃難的人。他們找不到父親，他牽著母親爬上河堤，時間已經接近中午，河床的白色卵石反射陽光，讓他眼睛痠。河床上也有人，一些人在沙地上搭了帳篷，現在正在靠水的地方煮著什麼，一個孩子蹲在旁邊沙地上玩，恍惚間他看到自己小時候。那些水涼的中秋夜，烤肉人家的燈火把河床點亮，他與鄰居打完了煙火仗，就會自己一個人跑到旁邊玩，那時他有一台挖土機，那是二伯送的，三個伯父裡只有二伯偶爾會來，那台挖土機是二伯送的唯一一件玩具。挖土機很大台，幼稚園的他可以坐在上面，用把手控制著怪手挖沙。

如果有一台巨大怪手往台灣一挖，大概就像現在這樣吧！

「阿～如～」其中一個帳篷旁邊的女人叫著，聲音尖銳。聽見叫聲，那蹲著的小女孩抬起頭來。

「回來吃飯！」大概是母親的女人喊著。

回來，昨天才搭的帳篷就算家了，就可以回來了，只要家裡有人。

「哦！」小女孩應著的同時，母親輕輕的拍他肩膀，他轉頭，看見母親指著河堤公園角落一棵樹下，幾個老人圍著露營桌子坐著，桌上幾盤菜，旁邊幾個女人還在忙著，父親就混在那些忙著的女人中間，一頭灰白頭髮。

「恁老爸在那。」母親細細的說著，桌前不遠一個老人正對著父親揮手，父親手握一把菜，像是聽見叫喚也抬頭對那老人揮手，青翠鮮豔的菜在父親手裡飛舞。

看見他遠遠的走過來，父親眼睛瞇得像閉上，手上端著剛炒好的菜站得像大賣場廣告看板裡的人像。距離還遠，他叫不出來，眼神找地方飄，等到了適當的距離他才敢正視父親。正要開口，父親眼裡焦距晃動，看向他旁邊，手上的盤子突然一斜，湯汁淋了滿手，一個婦女怪叫著接過去。

「阿滿……」父親先開了口。

「……」母親沒開口，縮到他身後，隨即慢慢的走出來，離開他，往父親的方向走去。

兩個老人牽手的樣子讓他想到醫院的病房，但不是他去過的任何一家醫院，那病房在一部電影裡。

是那部奇怪的電影，暗戀桃花源。

最後接近結尾的時候，林青霞跟金士傑重逢，他現在知道那個老演員叫金士傑了。那病房根本也不像個病房，旁邊是紅色的大窗簾，地上撒滿了桃花瓣，喜氣得要命，就是燈光很暗。他知道那是顯示老人要死了。當男女主角終於在醫院病房裡重逢了，李珮紋哭得像死了老爸。

當時他一點感覺都沒有，現在他知道李珮紋當年在哭什麼。

天藍得像把刀子，雲像砲。他以為會有強震，但父親只是默默的流淚，接納他們母子。

地震過後兩三天才陸續有人敢回家睡覺，公園裡的帳篷大部分都是在中秋節之後才收起來，全台灣都有災情，救災的新聞暫時壓過選舉的新聞。

這天夜裡，他們一家人在公園石桌邊吃了一頓簡單的晚餐，將近二十年的疏離，晚餐還叫晚餐，夜裡還有月亮，人都變了。

聊得很盡興，彷彿真正一家團聚。

這一年中秋節月亮一樣圓，但很少人在烤肉，因為到處都看得到死掉的肉，那陣子人們對於肉類都有點恐懼。

中秋節那天他打電話連絡丁哲修，他們家店面還好，只是雜貨架上的東西都倒了，比較嚴重的是後面加蓋的廚房垮掉了。

「還好是半夜，我媽嚇得穿著內衣就衝出門，便宜了那些老芋仔！」丁哲修還是那樣陽光樂觀，他跟著笑一陣，掛下電話後母親叫他吃飯。他想再打一通電話，手機號碼按了幾下，想一想又關掉，轉身進屋裡。

果然像丁哲修講的，與父親重逢後母親的狀況好很多，看到許多以前的老鄰居都還認識，連哪個還欠她會錢她都記得。

倒是父親，咳嗽咳得兇，晚上睡覺幾乎不停。

「有沒有去看醫生啊？」他問。

「咳咳，有啦，桌上都是藥仔你沒看。」父親指著客廳說，順手挾一口菜到母親碗裡。他走到客廳桌上看，都是診所的藥包。

一個多禮拜後他回去車行上班，老闆生意好得不得了，一大堆機車上門要修理，都是地震時候倒掉或被壓到壞掉的。

幾個月過去，因為天氣變冷了，原本已經安置妥善的災民問題，現在又被拿出來重講。話題全都圍繞在組合屋是日規的好、美規的好還是歐規的好，似乎問題從來不在災民身上。

農曆年前某一天，下班回家沒看到父親，他覺得奇怪，父親通常比他早就下班，他問母親，母親說父親回來過，接了電話又出去了。

他心裡像被車撞到，整個漲血，他知道那個惡夢還在，地震也沒辦法把惡夢震醒。

他要母親在家裡等，他要到市區一趟，摩托車騎出巷子遠遠看到一個人蹲在水溝邊，旁邊停一輛綠色野狼，他心吊起來仔細看，果然是父親。

摩托車往路邊一倒，人用跑的過去。

父親蹲在溝邊不停咳嗽，咳得頭都快栽下去，一手扶著牆壁一手撫著胸口看起來非常痛苦，一頭花花的白髮在咳嗽中抖動，像樹要倒下。

「爸，你是怎樣？」一把人扶起來他才發現父親咳血，水溝裡已經一片紅，父親還不停，連話都說不出來。他趕快手機拿出來按119。

「我爸快死了，趕快。」他語無倫次，講了好久對方才知道狀況，十幾分鐘救護車才到。

他們說對不起，台中體育場有選舉造勢活動，塞車。

送進醫院檢查，他父親真的快死了，已經末期。

「幹你娘，你騙人！」聽見醫生說完病情他抓起醫生桌上的相框就往牆上丟，那照片大概是醫生的老婆小孩，笑容燦爛的往地上彈，壓克力迸碎。醫生跟護士被他突如其來的舉動嚇得倒退，那護士一下就哭出來。

父親果然是又到醫院來送錢，天氣冷陳忠又被送進醫院，父親冒著寒風騎機車到醫院，回程時一下子回不了氣，停在路邊咳一下，就差點咳死。父親告訴他，他房間床頭的保險櫃裡有一些金子，還有跟陳忠他們家的和解協議書，要他回去看。

他要父親別再說話，父親真的就不說話了，沉沉睡去。

「歹勢。」父親說。

「是咧講啥？」他回。

他不知道父親在說什麼，陳忠的事情父親扛了一輩子，他不知道父親還有什麼好歹勢。

父親在加護病房觀察著，他回家拿換洗衣物。

回到家，母親已經窩在沙發上睡著，他到父親房裡翻找，找到當時的和解書，看了，上面的協議是白紙黑字寫明了賠償事宜由洪家慶一人負責，直到陳忠能自主生活，但裡頭有一條但書，若洪家慶亡故則得終止賠償……。

馬的，說什麼以後的賠償要靠他！騙肖仔！他心裡悲怒交集，手上的紙抖個不停。

原來父親早就想好退路了，到死為止，到父親死為止，根本就沒有什麼後續賠償的問題，父親只是要騙他去工作而已。

被誤了一生的人不是他，是他父親。

「為什麼不講……你為什麼都不講呢？」他低聲自言自語，連自己都沒察覺。

他一直知道父親扛著什麼，現在終於了解父親是怎麼扛的。

走回客廳，天冷，母親把自己縮成嬰兒，躲在毛毯裡打著淺淺的呼。他沒開客廳燈，低頭望著母親的睡臉。

那樣美的女人，像一把火。

這兩個人，互相燃燒對方一輩子，終於還是不能同時熄滅！

他把母親喚醒。將父親的狀況告訴母親時，他哭得不能自己，跪在母親面前不停掌摑自己。母親安安靜靜的聽他說，等他終於平靜下來的時候，母親輕輕的招手要他過去。

「你去死！」就在他靠近的時候，母親突然發狂雙手亂揮，他不明所以伸手擋，要母親安靜。

母親就像他當年掐陳忠一樣歇斯底里，怎麼哄都不停。

「都是你，都是你，我們這個家都是被你害的，你為什麼不去死一死！」

「媽……」他退在伸手可即的距離說著。

「不要叫我！你害死了你兄弟，你還要害死你老爸，你這個孽種，我我我，我一定要把你揉死！」母親從椅子上跳下來，隨手抓起旁邊的蒼蠅拍就往他身上打來。

「幹你娘，為什麼是我！」他終於火大，對於母親的恨原本就包覆在家庭團圓的假象底下，「你這個肖查某，你自己去討客兄還怪到我頭上。」

「啊……你不要講你不要講，我不要聽，我要把你殺死！」母親尖銳的叫著。

「幹，妳也知道見笑，妳在爽的時候怎麼沒想到我們父子。」

「我爽？我生你們的時候痛得欲死，你是知影啥？你有沒有想過我？」母親尖叫，「你把你兄弟纏死的時候你有沒有想過我？」

「幹，妳是頭殼歹去哦肖查某，我是掐我同學啦，我哪來兄弟？」

「哈哈哈，你不知影，你攏不知影喔，」母親突然一頓，咧嘴笑起來，在一頭亂髮後面笑得像鬼，「來來來，我給你講。」說完轉身走進房間。

「幹，肖仔。」他轉頭就要走。

「等一下，」母親從身後叫他，「你自己看。」

幾張黃紙攤在桌上，日光燈陰森森的照著。他還沒伸手拿那些文件，母親突然把衣服撩到胸前，露出肚子上那條蜈蚣疤痕。

「你看你看，我開一刀挰，我生你完擱開一刀挰！」母親繼續說著，鼻涕眼淚都噴，「因為你小弟啦因為你那個無緣的小弟啦……嗚嗚，擱開一刀伊也沒活……。」

他看到一本小冊子，上面密密麻麻都是他接種預防針的記錄，小冊子下面有幾張紙，那是剖腹開刀的手術同意書和兩張他的出生證明書，另外還有一張跟出生證明書有點像的，他仔細一看，是一張死亡證明書。

枯黃得像夕陽光線的紙，上面很草很草的字寫著，林秀滿之男。

死亡原因：臍帶脫垂，窒息缺氧，急救無效。

原子筆字，顏色都退掉了，像沒死一樣。但上面紅色藍色兩個關防章印，仍然鮮豔得很正式。

他再翻回兩張出生證明書，一張是他的，林秀滿之男，有出生時間體重血型等資料，另一張是空白的，應該說是幾乎空白，上面也是林秀滿之男，除了出生時間以外其餘都是空白。

兩張出生證明差了十八分鐘，十八分鐘，天堂與地獄。

「他們本來不給的，我拜託他們，請他們起碼也給他一張出生證明，證明他……證明他……嗚嗚。」母親看他在看那兩張出生證明，嗚咽的說著。

他腦子裡像幾百台機車在撇輪，吱吱吱的煞車聲不停，煙霧瀰漫無法思考。

「攏是你攏是你啦，你害伊的你害伊的，」母親繼續叫，「醫生說就是被你的手纏到，伊的臍帶才會落出來啦，攏是你，是你害死恁雙生仔小弟啦！」母親哀痛欲狂。

「伊抱出來的時候嘴開開攏沒聲，兩隻手舉高高好像在給我招手，但是，抱到我面前就垂落去啊，你知影抱一個死嬰仔的心痛沒……恁老爸擱叫我未使給你講，為什麼我未使講，我心肝艱苦啊你知沒，我一個囝仔沒去啊沒去啊啦，我的囝仔啊……來，我的囝仔，阿母不知你叫啥，你來給阿母抱好沒，給阿母秀……」母親鬼叫到後來，聲音漸漸放柔，兩手在胸前交合，像抱著一個嬰兒，一個不存在的嬰兒。

母親瘋了，從他出生就瘋了。

他也是。

原來，他是兩個人，他應該是兩個人，他一直是兩個人。父親把對另一個人的疼愛給他，而母親則因為另一個人而恨他。他以為自己只是差點殺了一個人，沒想到，他在母體裡就殺過人了，他殺了自己的兄弟，他的兄弟。

他終於發現了我。

他拋下母親在那裡低吟，機車狂飛到中國醫藥學院，夜深了，需要登記，但他不管，直接衝上樓。

加護病房有人，他不管，要穿隔離衣，他也不管。

直接衝到父親床前，父親似乎有感，睜開眼，看到他，眼神柔和起來。

「你們，騙我！」爬幾層樓梯他呼吸來不及調勻，聲音帶喘的說，加護病房很安靜，他語調壓低仍引來兩個護士。

父親隔著呼吸器看他，頭上罩著綠色隔離帽子，聽見他的話，眼睛陡然睜大，瞳孔像魚尾急顫想潛入深水，但不到一秒隨即靜止，垂浮，直到閉合。

父親累了，父親想休息了。

他也想休息了，但眼淚卻不停。

只有旁邊醫師護士非常有活力，在病床邊跑來跑去，跑成一團白光。

他蹲在病房門口，醫生叫他不能走，有些文件要簽。是死亡證明嗎？他想。

他不管醫生在那裡忙，衝出醫院跑到中山堂旁邊的暗處，打了通電話給李珮紋，他好想抱抱她，告訴她他有多愛她，告訴她他有多後悔，他不想再失去了。

但李珮紋沒接電話。

他再打，沒接。又打，還是沒接。

打到第八通時，電話接起來，李珮紋摀著嘴巴大聲說她在會場，背景裡音樂是王菲的我願意，很多人在跟著唱，聽起來都在哭。

「我爸死了。」他說，聲音乾乾的，沒哭。

聽我說，我愛你。

「啊？」她問。

「我爸，他死了。」

我愛你，我想一直跟你在一起。

「我聽不清楚，你說什麼？」她還是問。

「我爸死了啦，幹你媽的！」他吼完，掛掉電話。街上幾個學生轉過頭來看他，隨即竊竊私語走掉。

他蹲在地上，他最虧欠的父親死了，而他唯一想愛的女人連他講話都聽不清楚。

幹你娘的一直在一起啦！

他走到中正公園，放眼望去一片漆黑，旁邊的中山堂有幾盞燈，卻種一堆樹跟燈柱一樣高，遮遮掩掩看起來陰森得像廟。馬路上到處都插滿了候選人的旗子，深夜裡整個城市變成一座旗子森林，一台選舉宣傳車就停在路邊，他拔起一支旗杆衝過去朝著車身那兩張笑得很開心的臉狂打，打得旗杆都斷了，宣傳海報上的兩個人臉上也都是刮痕，但還是笑。

對面麥當勞旁邊有幾個行人被嚇到，看了他一眼隨即轉身走自己的路，沒人敢來管，反正那選舉的車子本來就比較顧人怨，人們大概也都見怪不怪了。

「你還笑，你還給我笑！」車子文風不動，他打到火大拿起折斷的旗杆一把就插進木頭車斗裡，候選人微笑的嘴被戳破一個洞，像拿一根牙籤在剔牙，那樣子看起來更賤了。

他蹲在車子旁邊哭了起來。

他沒辦法，他一點辦法都沒有，他父親死了，還是有很多人在笑。

一輛拔掉消音器的機車嘎嘎嘎在健行路的方向飛馳，他沒有抬頭但身體內裡有一陣輕顫。

「讓青春，吹動了你的長……髮讓它牽引你，的夢……不知，不覺這城，市的歷，史已記取，了你，的……」他把頭埋在兩腿間，右手來回摩挲左手手臂上的割痕，嘴裡絲絲的吟唱出聲，聲音因為哽咽而斷斷續續，但他不停，像那歌詞自己在堅持著什麼。

對不起……對不起……不起……嗚嗚……

他手機又響，丁哲修打來。
「阿國，」丁哲修聽起來很急，「小紋說你兇她？」
「我爸死了。」他說。
「什麼？」丁哲修的反應很正常。
「我爸死掉了。」他哭了出來。
「你在哪裡，我現在去。」
「不用了。」
「不行，我一定要過去，你告訴我，你在家嗎？」丁哲修意識到事情的嚴重性。
「沒，只有我媽在家，以後可不可麻煩你照顧她。」
「不要，我不要，你自己的老媽就自己照顧。」
「他媽的你就幫我這個忙會怎樣！」他大聲。
「阿國，你現在在哪裡？」
「在醫院。」
「哪個醫院？」
「你不要管我，你幫我管我媽就好了，」他有氣無力的說，「要不然，你幫我想辦法把她弄個安樂死就好了，好不好，算我求求你可不可以……」

「阿國，你聽我說……」

「我不要聽啦，幹你娘我為什麼都要聽你們說，」他爆起來，「他媽你們這種吃好穿好從醫學院畢業就等著爽缺的人是懂什麼？你知道我們是怎麼生活的嗎？你知道我只是欠栽培，要不然你他媽也沒什麼好踐的嗎？我聽你說我聽你說……你聽我說還差不多！幹！」說完他馬上掛斷，把手機往路邊水溝摔去，隨即轉身往醫院走。

噹一聲，電梯到了陳忠的樓層，出了電梯，護理站有幾個護士小小聲在聊天，他轉進洗手間。轉開水龍頭，他捧水洗了臉，冬夜裡的水很醒腦，他一下子冷下來。

抬頭，看著鏡子裡的自己，他呆呆的望進自己的眼睛裡去，像瞪著自己，隨即咧開嘴，伸出舌頭舔牙齒，然後把嘴張到最大，再闔上，張開再闔上，張開，張成詭異的笑臉，闔上。

「你，」他指著鏡子，「你就是要纏著我，對不對。」鏡子裡的人對他說。

他在樓梯口蹲了好久，終於等到大部分的護士都去巡房，只剩下值班的一個坐在櫃台裡看小說，他潛進陳忠的病房。陳忠他老媽躺在沙發上睡得像死了一樣，棉被底下那雙肥腿形狀分明，露出床單的腳跟還是龜裂粗糙，裂紋深黑，腳底板不乾淨，扁平得像刀切過，床下那雙高跟拖鞋踩得底都歪了，也倒在地上睡。

他看著那雙髒腳，把陳忠的棉被拿起來捲在手上，靜悄悄的靠近。

陳忠他老媽還是那麼肥，就像一個普通的胖子那樣肥，這樣一個死胖子，少一個沒差。他把棉被舉高，眼前陽光熾亮，忠明南路上這老女人站在那裡哭的畫面浮出來，他低幹一聲，不管腦子裡出現什麼畫面、什麼聲音，他就是要做，他現在就是要這樣做！

蓋下去時陳忠他老媽抖一下整床棉被都鼓起，但連一點聲音都發不出來，她腰緩慢的挺幾下，兩隻腳在棉被底下踢著，踢著，很快就不動了，像是沒有很努力想要活的樣子。

背後，他似乎聽到陳忠床上發出呻吟的聲音。

他衝到床邊伸手就把陳忠脖子掐住。

「你等很久了對不對？」他手上用力。

他感覺陳忠的脖子軟得像雞脖子，連脈搏的跳動都輕得像屁。他記得小時候掐他脖子時兩隻手幾乎圈不起來，他得死命的用力掐住就怕陳忠的脖子從他手裡掙脫反擊他。

現在他要掐斷陳忠的脖子簡直比折斷衛生筷還簡單。

「我選單挑，可以吧。」他往陳忠臉靠近，邊掐著陳忠脖子，一邊笑，笑容把臉都擠得變形了，「既然你一直死纏著我，那我們就一起死。」

等到一陣屎尿臭味傳出來，他才鬆手，電子儀器全都停了，很快護士就會過來。但當護士緊張的把病房門打開時，陳忠已經不在病床上，病房裡的輪椅也被推走。整間中國醫藥學院從這個小病房開始騷動，寧靜的騷動，就像在水裡，岸邊的病人與家屬絲毫感覺不到，但醫生護士們會嚇得像溺水一樣。

丁哲修開車到他們家，接了他母親後又一路飛奔到中國醫藥學院院區，黑夜裡中國醫藥學院看起來陰森龐大，丁哲修在醫院隔壁念了快八年醫學院，從來沒有過這種感覺。

丁哲修把他母親安置在服務台旁邊，隨即衝到樓上，找到加護病房，他父親已經被移出。丁哲修又搭電梯衝上陳忠的樓層，電梯剛開就被警衛攔住，說這層樓暫時封閉。丁哲修知道他已經來過了，馬上衝回大廳，他母親還呆呆的坐在休息室裡唱歌，兩手像抱著什麼。

那時候他人已經在校區地下室，輪椅從醫院那邊推過來是挺吃力，但天色夠黑，氣溫夠冷，沒遇到什麼阻攔。

快到大樓入口前的轉角，他把陳忠從輪椅上拖下來，輪椅踢到路旁大型垃圾桶後面去。他抓著陳忠身體，那是二十幾年來他再度與陳忠接觸。他發現這個陳忠真輕，比李佩紋還輕得多，簡直不像人的重量。

即便夜深，教學大樓樓上還有幾個窗戶是亮的，但大門口漆黑一片，門是鎖上的，對他等於沒鎖。

晚上的地下室真的很陰，一個人都沒有。

摸到電燈，按開，走廊跟當年的記憶一樣，他拖著陳忠，陳忠頭垂垂像睡著一樣。十幾年來陳忠就是用這付睡著的模樣巴著他一家人不放，像吸血鬼一樣把他們家的血都吸乾。他越想越氣，伸手往陳忠腦勺摑一巴掌，陳忠頭便往另一側倒，差點把他也拖下地。

撬開大體解剖室的門鎖，福馬林的味道就衝上來，像在歡迎他。

他沒憋氣，眼淚馬上流下來。

直接把陳忠拖到裡間福馬林池邊，他腦袋像直升機降落嗡嗡響，恍惚聽見池子裡似乎有人在對他笑。

那群孩子圍在陳忠旁邊，小小的身形像是從池底往上看的人影，模糊扭曲……

丁哲修從池邊抬頭，望他一眼，擦一擦眼淚說要走了……

「你給恁爸死出去，死出去，幹破你娘咧！」父親在風裡怒吼……

陽光從黑色的樹葉射入，丁國棟掛在荔枝樹上晃……

「恁學校就在那邊，自己走去。」母親騎著腳踏車往遠方去……

李佩紋在溜冰場裡回頭對我笑，眼珠只露出一半，嘴裡冒出淡淡的白煙……

「幹你娘，笑啥小！」他邊動作邊對著池子破口大罵。

他很俐落的把陳忠脫個精光，一腳就把他踢下池子，福馬林不像水，不太會濺水花，只是晃得厲害，裡頭幾個人像跳舞一樣跟著晃起來。

陳忠還軟，晃得最快樂，一點痛苦都沒有。

然後輪到他自己，他也把自己脫光，旁邊瓷磚上反射他的身影，他轉頭看，那身影扭曲碎裂，像好幾個人站在一起。

他沒有猶豫，這世界他已經沒有什麼好猶豫。

不像下游泳池那麼優雅，他直接在池邊躺平把身體側翻下去，全身同時接觸水面，像被擁抱。水很刺痛，但活著更痛，他鼻子猛吸一口水，四肢抖兩下就過去了。

就過來了。

等丁哲修排除許多可能，終於願意想到這裡的時候，他已經像在羊水裡一樣捲曲成一具最新鮮的屍體，跟他最恨的人面對面。

像我一樣。

每個繩結長得都一樣。

—完—

—推薦文—

一刀斬掉繩結的美學

甘耀明

我與謝文賢是教作文的同事，每週有固定的碰頭時間，每年有固定的聚餐交流，很多時候我們不談論文學。他常發表教學經驗，鉅細靡遺地展現他與學生的互動過程，我非常驚豔，他能如此細膩與小孩對話，呈現高品質互動，充滿理解與寬容。至於那些固定聚會，我每年看到他們一家四人出席；他的兩位公子帶來畫冊往往吸引大家激賞，人物畫得維妙維肖，還作連環漫畫，承繼了謝文賢的創造力。

很多時候，我們不談論文學，要的話偶爾提到他的《極樂森林的秘密》命運多舛，此書獲選為2012年臺中市之書，但是出版社因經營轉移而停售，連帶波及這本書。後來聽聞謝文賢提及獲得政府創作補助的小說完成，同時也獲出版補助，但命運輾轉，也是歷經波濤才出版，直到他遞來影印稿，盼能寫推薦文，我才知曉他要出的書叫作《所有的繩結》。

《所有的繩結》讀起來不會是愉悅、暖陽或療癒的小說，比較是人生陰鬱面積的疊加，一個社會手術刀的解剖臺，一個人性直墜的毀棄消亡。小說圍繞在主角洪維國、綽號「阿國」的人生，他從小失手傷害了同學，這成了一輩子擺脫不去的地獄枷鎖，再加上母親細故離去、父親卑微度日、自身戀愛失敗，阿國生命充滿高壓與不滿，身上貼滿現實刀痕與別人犀利目光的曬斑，最後造成不可挽回的悲劇。小說情節貼合現實世界進行，寫實性高，那些陰暗的情節如刀刃刺入了小說的核心，讀起來令人泣血。

西方有黑色小說（Noir fiction）傳統，這是犯罪小說的延伸嫡脈，混合著令人不安的暴力與性愛，主角的缺陷性格導致悲劇。看待黑色小說不能用對與錯的二分法區隔，易淪道德標籤，最終是理解主角的悲劇，而非批判。二〇一九年的電影《小丑》無疑是黑色小說風格的註解，更融入電影暴力美學的養分，主角亞瑟的暴力與灰暗人生，成為虛構都市傳奇。《所有的繩結》並非電影小丑風格，但主角阿國在小說結尾，以一連串陰沉灰調的暴力之剪，剪開打不開的繩結，最後導致悲劇，卻十分黑色小說的血脈。

阿國說：「這雙手一直想殺人。」小說這句話令人印象深刻，是他在擔任廚房助理，與香港仔打架後，對自己雙手的註解。依照洪母所言，阿國這雙手在她肚中時就犯下兇案，這應該是洪母情緒之詞，但是阿國在小說結尾的犯案，絕對是自己痛下殺手的。手是工具，要是成為殺人工具，想必來自阿國意志命令，這驅動程式是甚麼？是甚麼推迫阿國一步步涉向泥淖的黑流裡浮沉，我想，這應該是阿國的父親。擔任郵差的洪父，多年來默默承擔阿國鑄下錯誤的賠償金，這位沉默刻苦的男人，能為兒子做的只有這件事，能與兒子溝通的方式也只有在屋簷下吵吵鬧鬧。但是阿國不領情，在他飆車、偷車與打架的人生中，父親無疑孬種的代名詞。但直到洪父死亡，那種糾結的情緒才爆發，阿國體悟到「父親把對另一個人的疼愛給他，而母親則為另一個人而恨他」，父愛是毒藥或解藥？阿國最終有了體悟，使小說終於推向悲劇，這是阿國失去父親的復仇史，父愛不敵業力引爆。

《所有的繩結》在小說的內在張力與情節，具見匠心，在外在環境的設定也有所企圖。小說環境設定在上世紀的九零年代左右，將臺灣國際關係寫入，比如與沙烏地阿拉伯、韓國的斷交；此外小說將臺中人文環境融入，成為臺中微歷史平臺。謝文賢是土生土長的臺中人，講話溫溫緩緩，受學生歡迎，被歸為暖色系教師。我很少聽他談論他所知道的臺中，這次藉由《所有的繩結》，聽他娓娓道來。臺中是很有野氣的城市，火車站附近向來是熱鬧的舊城區，這幾年來則爆炸性往外圈幾個熱點發展。謝文賢寫的都是有地氣的次文化，第一廣場(今改為東協廣場)的吃喝玩樂、中華路夜市的牛肉場、大肚山夜遊傳說，以及各種狹巷暗弄的氣味，駁雜油湧，霓光漫漶，又不失草根氣息，無一不躍然紙上。或許謝文賢可開個導覽小旅行，將《所有的繩結》的小說地景逐一解說，讀者會發現，那些舊城市與新熱點，如何在這個大盆地遞嬗疊加，收穫更多。

引刀成一快，不負少年頭，這幾乎是以臺中為特定空間《所有的繩結》的另類詮釋。結繩記事，越結越膠著，越來越變本加厲，何來解方？乾脆抽刀，砍掉重練，但是引刀得付出代價，於是在城市地景上建立的悲傷、愛恨都要結束，是小說結尾處由福馬林液體凍結的人體群像，也是羊水般浮載的寓意，生命在此枯寂與重生，終究是恨意主宰了權柄。這是有重量的小說，讀起來頗沉重，但是謝文賢妙筆生花，語言溜亮明快，尤其是穿插幽默描繪，把角色輕輕抬起，將不少失陷的人生場景詩意化、輕盈化，達到藝術境界。謝文賢的筆刀雖重，但不忘鍍上了一抹詼諧，是《所有的繩結》的特色。

我每年會看不少小說，有時是學習觀摩、有時純粹是閱讀樂趣、有時是好奇廣告打很兇的作品裡子如何。我今年閱讀的本土小說作品，稱不上量大，但是《所有的繩結》是浪頭上的亮眼作品。我起初閱讀這本小說，並沒有懷抱期待，小說沒有懸念、取材不特別、路線中規中矩，但越讀越得滋味，得換個座位振作精神讀完。謝文賢終究是難得住性子，夠誠懇、夠執著，把「小說魂」抖出來，慢慢構築他理想的小說世界。這本小說是他磨了幾年的作品，不枉此行，他端出一本迷人好看的小說。

—推薦文—

草繩祭祀

吳鈞堯

《所有的繩結》，民國、西元等紀年幾乎都被隱去，指出個人與社會的攙揉中，時間為軸，事件更居軸心。民國六十四年四月蔣介石過世、西元一九八八年一月蔣經國駕崩、民國八十五年（西元一九九六年）台灣票選第一任民選總統，民國與西元之間的彼此換算、記憶，對於平民大眾，到底乘載什麼資訊？

以男主角洪維國為例，何時獲得獎狀，爸爸懸掛在電視機後頭的牆，當作榮耀與鼓勵，是這一生的銘記；洪被同學陳中找麻煩「單挑，或圍毆」，導致激烈衝突，洪幾乎勒斃陳，爸爸一輩子背負陳中的醫藥費；世道沒錢難行，偷竊誠為錦囊妙計，從機械鎖年頭偷到電子鎖時代；男主角什麼時候上第一個女人、結交第一個血氣朋友，個人小事才是庶民大事，擁擠但不模糊地成為洪維國的生活記錄。

於是，我們看到謝文賢別有心思的紀事，《追夢人》電影劉德華騎著SUZUKI-RG500、玫瑰唱片行播放林憶蓮〈愛上一個不回家的人〉、奧運比賽棒球隊以五比二宰殺日本、《灌籃高手》連載到湘北隊與翔陽隊的比賽、衛爾康自助KTV大火、BBcall開始流行了、白曉燕命案、九二一大地震，文賢抽調時尚與社會檔案，流轉時間，一件件安插，暗示了平民百姓，就在其間浮沉。

事件完整但也碎裂，澎湃而來，沉默而去。當然無法免去政治的干預。南韓與台灣斷交、中共試射飛彈干擾台灣選舉、宋楚瑜參選總統以及李登輝抖出興票案等。沒有強烈的歷史感、但懷有過度激烈的事件感，是台灣眾生的寫實劇，搶收視、趕戲劇，到後來我們的面目都被速度贏走了。

洪維國就是輸掉的人之一。他一出生就是悲劇，手纏到同胞兄弟的臍帶，致弟弟過世，這事造成洪母揮之不去的陰影。洪母揮之不去的陰影開始在生活中變形，辱罵、毆打存活的兒子，小國仔用盡方法討好母親，經常都是反效果。謝文賢埋伏一個反省：非個人所能為、所能避免的悲劇一旦來臨，一個人所能做到的抵抗到底是甚麼？

小國仔在阿母子宮徘迴，等待降生，羊水與母體的行進影響他的肢體，手勾到弟弟，哪是能夠主意的？陳中與一群凶狠超齡的小惡霸，圍堵小國仔時，他能不自立求救嗎？前一種出手被動、沉默，後一種出手被動、暴烈，造就了洪維國的悲劇。

洪維國一直到很後頭了，才知道母親怪他、恨他，是發生子宮內的無意識殺人事件。他把賣淫的、失智的母親收養回家，本想再續天倫，但人對於傷害的記憶猶如胎記。洪維國得為他不能自主、無法記憶的事情負責，這就有了原罪的意味。故事到後來，洪維國從醫院擄走陳中，一起沉浸在醫藥大學停放大體的福馬林池，大有把悲劇標本化，以死亡但並未腐朽的肉身，告訴人間，有一個人、有幾個家庭，是再怎麼努力都會輸掉的，這幾頁是他們的故事，也是繩子的線頭。

文賢講究藝術形式，第一人稱與第三人稱交織，整體與細節，彼此拆解，也暗合移置的主題。他的大部分腔調都為了配合主角洪維國，直白、粗鄙並挾帶江湖，才好用最真的語彙寫他同情的人事物，文賢也常用詩意，鑿刻小說的長與寬，他寫著，「離開漫畫王，天已經全黑，像是時間被偷了一樣，進去時還光天化日，出來時候竟然天就黑了，消失的時間不知道哪去了」我真摯相信，這就是文賢的十面埋伏，結繩記事之餘，也迴向躲在暗處的人。

國家圖書館出版品預行編目資料

所有的繩結／謝文賢著. --初版.--臺中市：白象文化，2021.5
面； 公分.
ISBN 978-986-5526-50-4（平裝）

863.57 109008172

所有的繩結

作　　者　謝文賢
校　　對　謝文賢
專案主編　吳適意
封面設計　賴紋儀
出版編印　吳適意、林榮威、林孟侃、陳逸儒、黃麗穎
設計創意　張禮南、何佳諠
經銷推廣　李莉吟、莊博亞、劉育姍、王堉瑞
經紀企劃　張輝潭、洪怡欣、徐錦淳、黃姿虹
營運管理　林金郎、曾千熏
發 行 人　張輝潭
出版發行　白象文化事業有限公司
412台中市大里區科技路1號8樓之2（台中軟體園區）
出版專線：（04）2496-5995　傳真：（04）2496-9901
401台中市東區和平街228巷44號（經銷部）
購書專線：（04）2220-8589　傳真：（04）2220-8505
印　　刷　基盛印刷工場
初版一刷　2021年5月
定　　價　330元

本書獲 財團法人 國家文化藝術基金會 National Culture and Arts Foundation NCAF 文學類 創作與出版補助